사랑과
탄생

사랑과
탄생

이유운

AMOUR ET NAISSANCE
1984BOOKS

차례

번역 불가능한 비밀로 나를 만져 온
여전히 살아 있는 자들과
거울 속에서 투명한 얼굴로 나를 키운
문학 속의 여자들에게

1장

사랑과 탄생

어린 시절에는 사건이 많았다. 직선적인 사유와, 그 사유에 최적화된 시간관념이 확고하지 않았기 때문이다. 모든 사건은 나를 둘러싸고 지속되었다. 나를 에워싸고 있는 영사기 사이에서, 움직이는 이미지는 오직 나였다. 나만이 움직였다. 그리고 움직이는 나를 바라보는 어른들, 그들의 시선이 나를 따라 작동했다. 나와 타인의 세계 사이에 사랑의 시선이 있었고, 그 시선이 마주치거나 엇갈릴 때 그 흔적을 따라 궤도가 탄생했다. 그리고 궤도가 천천히 일직선으로 맞춰졌을 때, 나는 그 사건들을 '기억'하기 시작했다.

나의 첫 기억. '기도 손' 모양을 알려 주는 증조할머니의 얼굴. 깊게 팬 주름살 사이로 스며드는 햇빛. 깎은 단감과 사과를 가만히 내려놓는 할머니의 손. 검버섯이 핀 손. 나를 씻기고, 먹이고, 기른 손. 약 냄새가 나던 손. 그 손들을 모두 기억한다. 기억 속에서 움직인 것은 나만이 아니었다. 그 손들도 움직였다. 모든 이미지들은 함께 움직였고 시간적 융합을 통해 나에게 기억으로 '발생'했다.[1] 나의 탄생은 사랑의 융합을 통해 발생한, 전무후무한 사건이었다.

탄생한 자에게는 의무가 있다. 나를 둘러싸고 있던 궤도들을 짜 맞추고, 의미를 부여하고, 그것을 충실하게 사랑하고 기억할 의무. 나는 나를 감쌌던 자들의 손에 대해서 이렇게 기술할 수 있다. 그들은 나를 너무 사랑해서 나를 때렸다. 그들은 나를 너무 미워해서 나를 껴안았다. 그들은 나를 죽여 버리고 싶어 하는 동시에 내가 영원히 아프지 않고 살았으면 했다. 나는 그들의 표정을 기억한다. 이 상이한 양상들을 모두 한꺼번에 감각할 수 있다. 사랑과 증오가, 폭력과 애무가 어떻게 등을 맞대고 있었는지. 나는 그들의 사랑, 그 사랑 자체의 특성에 대해 감응한다.[2] 탄생하고 진화한, 신인류의 의무는 바로 이런 것이다.

나는 사랑에 최적화된, 진화한 신인류로서 이 사랑을 비유하기 위한 특별한 방법을 소개하려고 한다. 내가 만들어 내지 않은 이 세상에 확실히 존재하는 '비(非)존재'들의 이야기다. 문학. 내 앞에 펼쳐지는 또 다른 궤도들. 존재하지 않지만 그 궤도들 사이에 나를 기꺼이 던져 넣을 준비가 되어 있는 것들. 그 비존재를 더듬는다. 활자의 방법으로.

---

1 앙리 베르그송, 황수영 옮김, 『창조적 진화』(아카넷, 2005), 참조
2 앙리 베르그송, 박종원 옮김, 『물질과 기억』(아카넷, 2005), 참조

어두워서 좋은 방

그리하여 나는 미지의 누군가를,
그리고 영원히 그렇게 남아 있을 누군가를
열광적으로 사랑하게 된다.
신비주의자적인 움직임: 나는 알 수 없는 것의 앎에 도달한다.[1]

아직 세상에 관객이 충분하지 않을 때, 서로를 미지의 세계로 선택한 연인이 있었다. 그들은 서로를 끊임없이 포섭했다. 그 과정에 실재의 사물들은 필요하지 않았기 때문에, 최초의 방을 공동으로 설계했다. 팔을 벌리고 살갗을 펼쳤다. 어둡고 아늑한 방의 탄생. 그들은 천천히 융합하기로 결정했다. 살갗과 머리카락이 녹고 엉겨 붙어 한 덩어리가 되면, 깨지지 않을 것이 분명했으므로 그 과정은 길고 지난했다. 체력이 많이 필요했다. 그들은 자주 지쳐 쓰러져 잤다. 적나라한 자세로 꿈속에서도 끊임없이 사랑을, 혹은 사랑 놀이를, 혹은 사랑하는 사람의 역할을 성실히 수행하는 모습을 보여 주려는 것처럼, 자세를 한 번도 바꾸지 않았다. 누군가 그 방의 문을 열었다면 살이 썩는 달콤한 냄새를 맡을 수 있었을 것이다. 그들은 꿈에서도 무언가를 끊임없이 속삭였다. 미지. 안개. 파인애플. 신호등. 윤리. 살과 함께 녹고 있는 영혼이 듣지 못할 정도로 작고 희미한 소리였다. 오랜 시간이 흘러 그것을 최초로 듣게 된 관객은, 그 소리가 너무 작았던 나머지 배우들의 리허설을 엿들었다고 생각했다. 마침내 그 방이 관객들에게 공개되었을 때 그 세계에는 게걸스러운 사랑이 가득했다. 관객들은 최초의 연인을 만지고 싶어 했다.

---

1 롤랑 바르트, 김희영 옮김, 『사랑의 단상』(동문선, 2004), 196~197쪽

사랑의 얼굴을 강하게 내려치는
상상을 해

조르주 상드, 『그녀와 그』
에르베 기베르, 『유령 이미지』

사랑에게서 무엇을 바라는가? 우리는 타인을 온전히 받아들일 준비도 되어 있지 않은 주제에 섣불리 사랑을 시작하고 있는 것은 아닌가? 어떤 열광, 순간적 열망, 환각에 가까운 욕망을 '사랑'이라고 부르는 것이 가능한가? 사랑이라는 거칠고 투명한 윤곽선은 대체 어디까지 포괄해 내는가?

이전 책 『변방의 언어로 사랑하며』(아침달, 2022)에서 사랑을 연애로 규정하지 않겠다고 말했지만, 결국 '사랑'을 말하기 위해서는 가장 좁은 정의, 즉 서로가 서로에게 배타적이고 유일한 대상이 되는 유성애적 로맨스로 돌아가야 한다. 가장 좁고 단단한 화강암 벽에서 얇고 투명한 아마포로 만들어진 커튼까지 밀고 올라가는 것만이 만질 수 없는 윤곽선 바로 앞까지 가는 길이 될 때가 있기 때문이다.

바로 그 로맨스를 말하기 위한 가장 좋은 글은 '편지'다. 내밀한 사랑의 텍스트. 배타적인 존재를 가정하는 영원한 사랑의 밀어. 편지가 좋다. 서로에게 퍼부은 사랑과 증오, 혹은 사랑과 증오 사이의 줄타기를 하고 있는 글이 인쇄된 것이 좋다.

　　편지를 읽으며 나는 파멸하는 사랑이 활자로 인쇄되었을 때의 매력과 욕망을 짚을 수 있었다. 서로를 갉아 먹고 핥아 먹다 결국 남은 그릇조차 깨뜨리는 마르그리트 뒤라스와 얀 앙드레아의 사랑, 태어난 순간부터 죽음의 순간까지 폭풍 같은 예술에 자신들을 섞고 흔들어 버렸던 이브 생로랑과 피에르 베르제의 사랑이 좋았다. 나는 나를 파괴할 자를 언제나 염원했으므로, 그들의 파멸적 사랑이 어쩌면 정말로 '사랑'처럼 보였던 것이다. 불완전한 존재가 완전함을 갈망하면서 오히려 더 불완전해 보이는 그 모순, 나는 그 모순을 탐닉하는 데에 푹 빠져 있었다. 그러나 탐닉은 오래 가지 않았다. 탐닉이라는 것, 즉 어떤 대상에 지나칠 정도로 몰두하는 것은 결국 그 대상에 염증을 내도록 만든다. 그래서 탐닉 대신, 어떤 계기를 마련했다. 건강하게 오래 살고 싶다는 욕망. 그 욕망 때문에 나는 차분하고 정숙한 사랑을 원하게 되었다. 서로에게 구원을 바라지 않는 틀에 물을 부어 만들어진 얼음 같은 사랑 말이다. 그건 사랑이라기보다는 일종의 태도에 가까웠고, 그때는 꼿꼿하게 서 있는 내 등과 귀와 붙지 않는 어깨가 중요했다.

중요한 건 이제 나였다. 나의 신체, 신체를 관통하고 있는 마음, 나의 생각. 나는 나에게 침잠될 계기를 만들었다. 오랫동안 서 있었고 오랫동안 걸었다. 가파른 산을 오르면서 생각했다. 나에 대해서. 조용했고 바람에 헝클어지는 머리카락 말고는 아무것도 나를 건드리지 않았다. 숨을 깊게 쉴 때마다 내 손끝까지 숨이 퍼지는 것을 느낄 수 있었다. 이 숨은 나에게 충만했다.

충만한 나. 아무것도 필요치 않으며, 오히려 충만함을 나누어 줄 수 있고 어느 쪽으로도 기울어지지 않는 나였으므로, 기울어지고 파편이 튀는 사랑은 촌스러운 자해라고 생각했다. 그런데 다시, 또 어떤 계기가 마련되었다.

나는 내 숨을 빼앗을 자를 갈망했다. 숨을 빼앗기면 생길 검은 구멍, 내 몸 안에 생길 내가 모르는 부분을 들여다보고 싶었다. 나는 나로 완성되지 않는다. 나는 이 세계와 타인이 합심해서 만들어 낸다. 내 안에 내가 아닌 부분이 분명 존재하고, 그건 내가 아무 활자나 씹어 삼킨다고 마련되는 것이 아니었다. 나는 나를 구원하지 않는다. 그러나 차가운 얼음 같지만 녹지 않는 존재, 나를 가득 채울 수 없지만 내가 절대 도달할 수 없는 내 안의 어떤 존재에 대해서는 골몰했다.

분명 다 부수었다고 생각한 두껍고 단단한 벽. 그걸 허물어도 내 앞의 풍경이 선명하게 보이지 않았던 이유를 깨달았다. 내 앞에 커튼이 있었다. 얇고 투명해서 만져 보지 않으면 있는지도 모르는. 커튼을 걷고 누군가 나를 잡아끌었다. 저기까지 가 보고 싶은 거 아냐? 하고. 그 잡은 손의 감각. 나와 현저하게 다른 체온. 그 감각에 집중하면 커튼 없는 선명한 세상을 볼 수 있다. 나는 사랑에게서 그런 것을 바랐다. 모든 규정을 저버리기엔 나는 "자세와 유형, 그리고 표현을 만들어 내는 불행한 발명가"[1]였으므로, 나는 다시 사랑에 대한 규정과 틀을 매만지기 시작했다.

조르주 상드의 『그녀와 그』는 이장욱 시인의 말처럼, 사랑에 대한 완벽한 논쟁서다. 이것은 상드의 실제 연인이자 시인이었던 뮈세와의 이야기를 다루고 있다. 뮈세는 상드와의 이야기를 『세기아의 고백』을 통해 '고발하듯' 발표했다. 상드는 고고하게 침묵을 지켰고, 결국 뮈세가 사망한 이후 『그녀와 그』를 발표한다.

이에 관해 『그녀와 그』가 『세기아의 고백』을 '그와 그녀'로 두고 '그녀'의 관점에서 서술했다고 평가하는 의견이 대다수인데, 나는 다르게 생각한다. 상드가 정말로 『세기아의 고백』에 대응하는 글을 쓰고자 했다면 그렇게 오랜 기간을 견뎌 낼 필요가 없었다. 상드는 사랑의 화신이었으며, 자신이 원하는, 마음의 불꽃이 향하는 사랑과 예술의 방향을 정확하게 알고 있었으니까.

그는 테레즈 자크와 로랑, 그리고 파머의 관계를 통해 사랑에게서 과연 무엇을 원하는지를, 그 과정에서 우리는

---

1 조르주 상드, 조재룡 옮김, 『그녀와 그』(휴머니스트, 2022), 10쪽

무엇을 좇아야 하는지를 말하고 있다.

우정에서 시작한 자크와 로랑의 사랑은, 로랑이 테레즈에게서 '여자답지 않음'을 읽어 내면서 시작된다. 로랑은 테레즈를 평범한 여성으로 대하기를 원하지 않으며(이 소설이 19세기 프랑스 소설이라는 것을 염두에 두기를 바란다) 오히려 그에게서 다른 사람이 되는 자신을 발견하고 그것을 사랑이라고 생각한다. 어쩌면 그것은 "신비한 것들로 가득한 둘만의 기벽"[2]을 발견하는 과정이었다. 하지만 잠들 때 썼던 모자가 바닥으로 떨어진 것을 발견한 아침에 짓는 당혹스러운 표정처럼, 로랑의 심장은 언제나 제멋대로 굴러다녔고, 그는 "표류하는 영혼들"과 "낡은 궤변들"[3]이 자신을 장악하도록 내버려 두었다.

로랑은 테레즈와 영위할 수 있는 차분하고 단정한 세계를 뿌리친다. 로랑은 예술적인 전율과 환각 사이에서 사는 사람이었으므로, 그런 사랑을 할 준비가 되어 있지 않았으며 그는 사랑의 관계에서 가장 최악이라고 할 수 있는 잘못을 저지른다. 사랑을 관객으로 대하는 것. 그는 무대에 올라 제멋대로 관객을 모독하고 극을 모독하다가 결국에는 무대가 끝나고 극장 밖으로 나가 약과 술에 자신을 던지는, 삼류 배우 같은 사랑을 반복했다.

결국 테레즈는 파머도, 로랑도 선택하지 않는다. 그는

---

2 같은 책, 100쪽
3 같은 책, 144쪽

영원한 고아였던 자신에게 새로운 아이가 오고 나서 사랑을 접는다. 물론 상드는 그것을 사랑보다 위대한 예술과 모성애라고 말했지만, 그건 19세기 상드의 생각이고, 나는 그 아이가 상드가 테레즈의 입을 빌려 말하고자 했던 사랑의 진정한 의미라고 생각한다. 타인과 맺는 사랑의 관계에서 우리가 갈망하는 것.

진실의 추구.

사랑에 대해, 사랑하고 있는 나에 대해, 존재하는 나에 대해. 내가 타인의 눈에 비치는 나에게서 무엇을 결여하고 무엇을 갈망하고 있는지.

나는 파멸하는 표정을 짓고 있던 사랑의 얼굴을 강하게 내려쳤다. 우는 그의 얼굴이 미워 보였다. 그러나 그가 눈물을 지우고 다시 표정을 가다듬었을 때, 그러니까, 파멸의 절벽에서 돌아왔을 때, 그는 "세상에서 가장 완벽한 사람, 다시 말해 가장 비난받은 사람이자 가장 합리적인 사람"[4]이 되어 있었다. 내가 강하게 내려쳤던 사랑의 뺨은 "모순으로 가득 찬 존재였으며, 설명 없이 묘사해야 하는 존재"[5]의 모양으로 부풀어 올라 있다. 나는 그것을 떨리는 손으로 쓰다듬는데, 그것은 꽃잎처럼 부드러운 것이 아니라 오히려 손바닥을 할퀴는 거친 벽처럼 단단하다. 놀라 다시 보면, 사랑의 얼굴에는 표정 대신 환상적인 그림들이 서툴게 그려

---

4 같은 책, 18쪽
5 같은 책, 53쪽

져 있다.

　만약 '사랑하다'라는 단어가 어디에도 적혀 있지 않다면 제
감옥의 벽들에 환상적인 그림들을 서툴게 그려 넣는 게 도대
체 무슨 소용이 있을까요?[6]

　벽을 쓰다듬는다. 환상적인 그림들이 새겨진, 세련되게
매만지지 않은 우둘투둘한 회벽. 회벽을 쓰다듬고 나면 손
에 횟가루가 묻어 나온다. 그것은 아무리 털어 내도 완벽히
없어지지 않는다. 그러니까 회벽을 만지고 내 머리카락, 내
뺨을 만지면 그 환상적인 그림이 새겨져 있던 회벽의 부스
러기가 나에게 달라붙어 있는 것이다. 부스러기를 입은 나
는 이전의 나와 명백히 다른 사람이다.

　다시 생각한다. '사랑하다'라는 단어가 어디에도 적혀
있지 않은, 열망에 들뜬 그림들이 가득한 환상적인 벽을.
그 벽은 사랑이라는 말을 한 번도 사용하지 않고, 사랑에
대한 탁월한 솜씨를 보여 준다는 데에 의미가 있다. 그리고
그것은 "열망은 정신에 대한 지속적인 조건이 될 수 없"으
나, "오로지 사랑이 삶이 될 거라는 것, 그리고 좋건 나쁘건,
제게 필요한 게 바로 이런 삶 아니면 죽음이라는 것만"[7]을
명백히 알게 한다.

6　같은 책, 47~48쪽
7　같은 책, 93쪽

"당신의 이 정의는 아무런 가치가 없어요. 파머는 저에게 지나치게 냉정하고 완벽해요. 저는 그보다 조금 더 불같고, 조금 더 높이 노래하죠. 저는 장3도의 윗소리랍니다."

로랑이 말을 되받았다.

"그럼, 저는, 저는 엉뚱한 음이겠군요."

테레즈가 말했다.

"그렇지 않아요. 당신과 함께 저를 바꾸어서 단3도를 만들려고 내려가지요."

"그러니까 저와 함께 당신은 반음 내릴 수 있다는 건가요?"

"저는 파머보다 당신과 반음정 정도 더 가까이 있게 되었답니다."[8]

나는 사랑이 살균 처리된 말끔한 인생을 원하지 않는다. 동시에 사랑이 나에게 유일한 파멸이나 구원의 도구가 되지 않으며, 나에겐 여러 길을 선택할 수 있다는 태도가 중요하다. 그러니까 우리는 다소 시시껄렁해질 필요가 있다.

테레즈가 그를 사랑할 수 없다는 사실을 그는 잘 알고 있었지만, 그것이 편지의 열 줄 아래에 이렇게 적는 걸 막지는 못했다.

---

8 같은 책, 74쪽

"우리의 거룩한 사랑은 녹을 수 없는 거 아닐까요?"[9]

이것을 나는 다시 이렇게 말하고 싶다.

"우리의 거창한 사랑은 다소 시시껄렁한 파멸의 방향으로 가고 있다고 생각해도 괜찮은 거 아닐까요?"

그럼 시시껄렁한 파멸이란 뭘까? 내가 타인을 응시하고 그에 대해 생각한다는 것. 내가 그를 끊임없이 관찰하며, 그의 단단한 손목과 손가락, 검고 흠 없는 구슬 같은 눈동자에 대해 아름답다고 생각하는 순간, 그 순간에 이 관찰의 역전이 발생한다. 타인은 나에게 성큼 들어온다. 그는 제멋대로 나에게 계속해서 살아가거나, 차마 죽지 못할 속도의 마음들을 준다. 그가 나를 관찰한다. 나는 그의 세계에 포섭당한 채로, 내 존재가 끊임없이 점멸되는 것을 지켜본다. 나타났다가, 사라졌다가, 다시 나타난다.

에르베 기베르는 이 점멸하는 존재를 카메라를 통해 포착한다. 그는 어머니의 가장 아름답고 자연스러운 순간을 촬영한다. 그러나 촬영 당시 카메라에는 필름이 끼워져 있지 않았기 때문에, 그 아름다운 순간은 결국 인화되지 못했다. 그러나 인화되지 못한 이 유령 이미지, 이미지의 절망은 오히려 "더욱더 완벽하고 거짓된 이미지로, 비현실적인

---

9 같은 책, 109쪽

이미지로, 내 앞에, 거기에 있"[10]게 된다. 기베르는 사진을 찍는 순간이 그 대상의 가장 젊고 아름다운 순간이며, 셔터를 누르고 그 이미지가 인화되고 나면 그 대상이 끔찍할 정도로 빠른 속도로 비참하게 늙어 간다고 말한다. 그는 자신의 사진이 만들어 낸 어떤 이미지, 그 이미지를 사람들이 사랑하고 "그들이 거기에서 멈출까 봐"[11] 두려워한다. 그는 사진과, 사진의 이미지들을 통해서 어느 정도 타인의 존재들을 포착하고 사진 속에 새겨진 시간을 간격을 두고 관찰하면서 그들을 인식적으로 장악하기를 원하는 것 같다.

실제로 그는 에이즈 투병 끝에 사망했는데, 투병 당시에도 자신의 '몸'을 촬영하여 기록하고 전시했다. 그는 이를 죽음과의 흥정이자 화해라고 인식한 것이다. 결국 그는 자신의 '아픈 몸'과 질병 경험으로부터 분리되는 자신을 복원하고자, 또 수동적 치료 대상에서 능동적 주체로 나아가고자 질병 기록의 결과를 남기기로 결정한 것이다. 그는 죽음 그 자체가 아니라 "병이 내게서 자살할 자유마저 빼앗는 순간"[12]을 극도로 두려워했다. 병에 걸린 그의 신체는 더이상 그의 것이 아니었으며, 의료적 시선에 의해 식민지가 된 관찰 대상에 불과했다. 근대적 질병인 에이즈는 기베르

---

10 에르베 기베르, 안보옥 옮김, 『유령 이미지』(알마, 2017), 21쪽
11 같은 책, 38쪽
12 에르베 기베르, 장소미 옮김, 『내 삶을 구하지 못한 친구에게』(알마, 2018), 217쪽

의 실존 자체를 위협했으며, 외부 세계와 그를 단절시켰다. 기베르는 타인과 세계를 포섭하고 인식하며 장악하는 방식이었던 사진을 통해 단절된 자기 서사를 다시 잇고자 했다.

수전 손택은 그 자신을 포함한 '아픈 사람들'의 신체를 건강한 자와 아픈 자의 왕국 사이에 놓인 비무장 지대라고 표현한다.[13] 이 비무장 지대에서 아픈 이들은 끊임없이 삶 쪽에 가까운 비자를 재발급 받는 식으로 삶을 지속하는데, 근대적인 의료 담론에서 그들의 삶은 '삶의 연장'의 측면으로만 이해가 될 뿐, 그들의 삶의 의미는 주목되지 않는다.

기베르의 질병 기록은 온전히 개인적인 사건인 질병을 관찰하는 카메라의 시선을 통해 질병으로 인해 분리당했던 세계와 자기 서사를 다시 잇고자 했다는 데서 의의를 찾을 수 있다.

그런데 그가 촬영한 가족들, 특히 어머니는 정말 어머니일까? 이미지 중에서 가장 젊고 아름다운 여인의 얼굴은 '거의' 어머니이다. 그러나 "'거의'라는 말은 사랑의 끔찍한 체제뿐 아니라 꿈의 실망스러운 위상을 나타"[14]내므로, 그 이미지들은 그저 "직관적인 중요성을 부여"[15]당한 것에 불과했다. 대상을 관찰하는 행위의 가장 정점이라고 할 수

---

13 수잔 손택, 이재원 옮김, 『은유로서의 질병』(이후, 2002), 참조

14 롤랑 바르트, 김웅권 옮김, 『밝은 방』(동문선, 2006), 86쪽

15 에르베 기베르, 안보옥 옮김, 『유령 이미지』(알마, 2017), 215쪽

있는 촬영이 결국 영원히 늙지 않는 사랑 '같은' 이미지들을 창출해 내고, 그 이미지들은 결국 아름다움의 새로운 기호가 되어 내 세계를 떠난다. 그것은 새로운 기표를 가지고 내 세계의 껍질을 탈피해 버리는 것이다.

이것은 지나치게 사랑을 닮았다. 나는 함부로 타인을 관찰한다. 불투명한 천 너머에 있는 것 같던 그가 나를 돌아볼 때, 눈이 마주칠 때, 나에게 걸어올 때, 그가 현존할 때, 그는 나에게 이미지가 아니라 존재가 된다. 당연한 일인데도 타인의 존재의 떨림이 나에게 닿는 순간 나는 공포에 휩싸인다. 더 이상 이전의 세계로 돌아갈 수 없을 거라는 강박증에 가까운 상상 때문에.

종종 이런 생각을 한다. 아주 많은 시간이 흐르고 나서, 내가 시도했던 모든 사랑이 아카이빙된 세계가 도래한다면, 이 데이터에는 어떤 키워드들을 붙일 수 있을까. 영원히 멀리 있는 마음? 별 볼 일 없는 공포? 사라진 언어? 빛없이 있는 그림자?

더는 아카이빙할 가치가 없는 대화들이 도래하는 순간까지, 나는 나와 타인 사이에 떠도는 어떤 침묵을 발견하고 그것을 찍는다. 찍는 순간 달아나는 가장 젊은 순간을 나는 유령 이미지라고 말한다. 그것을 끊임없이 인식하는 나의 상태, 그러니까 필름은 들어 있으니 단단한 유령 이미지라고 해야 할지도. 그때 나는, 내가 주체도 객체도 아닌 아주 미묘한 순간을, 죽음에 대한 극미한 경험을 하며 참 유령이

된다.[16]

그러나 이 '죽음에 대한 극미한 경험'은 두려워할 것이 아니다. 어렸을 때, 나를 자주 만지고 사랑해 주던 어른은 그런 말을 했다.

사랑이란 그 시간만큼 그 상대에게 주는 거라고. 많이 사랑한다는 건, 그에게 삶을 주고 자신은 죽음에 가까워지는 거라고. 그리고 그 사랑을 오래 하다 보면, 내가 결국 죽음이 되므로 그것을 두려워하지 않게 될 거라고. 스스로를 두려워하는 사람은 없기 때문에.

그러므로 타인과 나 사이, 그리고 삶과 죽음 사이에서 끊임없이 사랑을 투사하는 나는, 아주 오랜 시간이 흐르면 아무것도 두렵지 않게 될 것이다.

16　롤랑 바르트, 김웅권 옮김, 『밝은 방』(동문선, 2006)의 「촬영자, 유령 그리고 구경꾼」, 참조 및 변용

나는 여기서 태어났어요,
여기는 황무지

줌파 라히리,『이름 뒤에 숨은 사랑』
마리암 마지디,『나의 페르시아어 수업』

닳지 않은 신발 안에 서 있다. 아직 어떤 길도 떠나지 않아 닳지 않은 신발이다. 그 안과 밖을, 그것을 나에게 신겨 준 이의 닳은 손이 어루만졌다. 리본을 당겨 묶는 그의 손은 이미 무언가를 여러 번 용서한 모양을 하고 있다. 매듭을 짓고 끈을 당기는 그 모양은 섬세하고, 엄숙해 보이기까지 한다. 그는 나에게 "닳을 때까지 신도록 해" 하고 신발을 내민다. 나는 그렇게 말하는 입술을 쳐다본다. '닳을'이라는 발음을 노래처럼 하는 사람이 존재했다.

나는 살면서, 닳지 않은 것들, 아무도 사용하지 않은 새것들을 수없이 선물 받았다. 나는 그것들이 모조리 좋았다. 나를 위해 애써 생각해서 고른 그것들이 모두 좋았다는 의미다. 내가 지금껏 받거나 마주친 새것들 중 유독 좋았던 것을 말해 보고자 한다.

우선 좋았던 것. 아무도 밟지 않은 흰 눈과 아무도 없는 산길, 그리고 정갈한 밥상이 있는 풍경.

무슨 말인고 하니, 이건 내가 변산에 여행을 갔을 때의 이야기다. 숙소에서 가장 가까운 식당까지는 약 4km였다. 버스도 언제 올지 몰랐고, 나는 차도 없었기 때문에 흩날리는 눈을 맞으며 그냥 터벅터벅 걸었다. 짙은 회색 갯벌 위에 쌓인 눈은 두껍고 반들반들한 벨벳을 두르고 있는 것처럼 아름다웠다. 그러나 무릎까지 눈이 쌓이자, 다리가 점점 무겁고 생경하게 느껴졌다. 게다가 가끔 귀를 시리게 만드는, 차갑고 날카로운 바람을 일으키며 지나가는 트럭까지. 나는 나를 천천히 잡아먹는 풍경에 대해 생각했다. 생각을 하면서 천천히 고개를 떨구었다. 실은 풍경이 아니라 내 발을 보고 있었다. 깊게 잠겼다가 올라오기를 반복하는 나의 발을.

나는 잠시 멈춰 서서 발을 직각으로 올렸다가 다시 내렸다. 눈에 다시 내 신발의 모양이 남았다. 삶이란 이런 건가? 잠깐 이렇게 깊게 쌓인 눈에 억지로 내 신발을 쑤셔 넣고, 모양을 남기고, 그것을 내려다보는 일 같은 것?

슬프거나 아쉽지는 않았다. 그저 나는 '이것을 어떻게 기록할 수 있을까?' 하는 생각을 오래 했다. 눈은 언젠가 녹고 신발은 언젠가 찢어질 것이다. 눈 속에 신발을 넣고 그것을 바라보던 순간을 나는 어떻게 기록하여 남길 수 있을까? 이런 것들도 삶의 방식으로, 아름다운 방식으로 남길 수 있을까?

다시 고개를 들고 식당을 향해 걸었다. 눈을 헤치며 나물 정식 식당에 도착해 푹 젖은 신발을 말리고 있는데, 사장님이 내 앞에 반찬이 정갈하게 담긴 접시들을 내려놓으며 물었다.

"이렇게 눈이 오는데, 차 타고 왔어요?"

"걸어왔어요."

"어디서부터?"

"저기…… 바람꽃 펜션에서부터요."

"어이구, 수녀님이세요?"

"아, 아닌데요……"

"고행을 사서 하시길래. 맛있게 드세요."

나는 그가 가져다준 호박나물을 한 움큼 집어 그릇에 덜면서 웃었다. 그리고 생각했다. 나중에 이 이야기, 어딘가에 써야지.

"잘 먹네. 서울에서 왔어요?"

"네…… 고향은 서울이 아니지만……"

"뭐하러 왔어요? 걸으러?"

"시 쓰러요……"

"시인이에요?"

"네."

"나중에 시 쓰면, 우리 식당 이름도 써 줘요."

'음…… 신사와 호박이라……'

나는 잠깐 고민하다 고개를 끄덕였다. 시에 대해선 허튼 소리와 약속을 많이 하고 싶으니까. (결론부터 말하자면 아직 '신사와 호박'으로는 시를 쓰지 못했고, 대신 이 에세이를 쓰고 있다.)

식사를 하고 다시 터벅터벅 걸어서 숙소로 돌아오면서, 나는 또 오래 생각했다. 여기까지 어떻게 왔냐고, 고행이라고 말하며 악의 없이 웃는 늙은 얼굴을. 나는 어쩌면, 내가 겪은 모든 시간과 사건들에 대해서 이유를 묻는 대신 고행이라며 웃음 섞인 말을 하는 늙고 오래된 얼굴을 보기 위해서 살아가고, 기록하는 걸지도 모른다고 생각했다. 또 그런 늙고 오래된 얼굴이 되는 과정을 두려워하지 않기 위해서도. 그러니까, 산책은 얼마나 어려운 일인가! 이렇게 오래, 많은 것을 생각해야 하니 말이다!

언젠가 이런 일이 있었다. J 시인과 H 감독을 함께 만나는 자리였는데, '연인이 좀비가 된다면 어떻게 할 것인가?'에 대한 토론이 벌어졌다. 물론 MBTI 이야기를 곁들여서.

연인이 좀비에게 물린 후, 죽여 달라고 한다면? 그의 고통을 줄여 주기 위해, 이성을 가진 인간의 모습을 지켜 주기 위해 죽여 주어야 할까? 아니면 그가 '좀비'라는 새로운 존재로 변했을 때 처음으로 만나는 존재가 나임을 감사하며 달콤한 죽음을 받아들여야 하는 것일까?

나는 우선 사망 후 좀비가 되기까지 약간의 시간이 있다는 것이 대부분의 창작물에서 합의된 사항인 것을 참고해서, 연인이 정신을 잃고 쓰러져 있을 때 그의 손톱과 발톱, 그리고 이를 모두 뽑으면 될 거라고 생각했다. 왜냐하면 나 같은 문과가 예상하기엔, 엄청나게 빠른 속도로 과학과 의학이 발전하고 있으므로, 그 상태로 기다리면 해독제를 구할 수 있을 거라고 추측했기 때문이다. (그 다음에 임플란트를 해 주는 거야…… 돈을 열심히 벌어서……)

다소 징그러운 생각임에 동의한다. 그러니까 나는, 산책으로 따지자면 이미 혼자 지구를 한 바퀴 걷고 온 다음 풀이 죽고 잔뜩 지쳐서는, 또 다시 '나갔다 올까?' 하고 묻는 고행자인 것이다. 이 어마어마한 사족 끝에 하고자 하는 이야기는 이거다.

그러니까 나는, 고행을 하는 한이 있더라도 오래 걸으면서 멀리까지 가고 싶고, 더 많은 '신사와 호박'을 만나고 싶다. 이 여정을 기록하는 방법으로 언어를 택했다. 물론 산책 중에 만나는 모든 사람들의 얼굴을 기억할 수는 없다.

'신사와 호박'에서 조금 더 걸어가면 항아리를 굽는 도가(陶家)가 있다. 끊임없이 흙이 구워지는 냄새, 햇빛에 장렬하게 늘어선 항아리들. 이미지의 강렬함으로만 따지자면 승승한 호박나물 정식을 파는 가게보다는 그 도가의 이름이 기억나야 한다. 하지만 나는 그 도가의 이름을 지나쳤고, 지금도 그 이름을 모른다. 김혜순 시인의 시 「별을 굽다」[1]에서 말하듯 세상에는 너무 많은 불가마들이 있고, 그 불가마들에서는 쉴 새 없이 '붉은 흙 가면'이 구워지고 있으니까 말이다. 나는 그들을 지나친다. 그들 모두를 고뇌하지 않고서. 하지만 이 산책에 이 글을 읽는 모든 사람들은 내가 관찰할 '붉은 흙 가면'이 아니라 별을 찾은 순수한 흙덩이로 존재한다. 나는 그 흙덩이를 만지고, 그것이 묻은 손으로 기록한다.

이 세계는 충분히 아름답고 모조리 추하다. 나는 나를 끝없이 징그럽게 하는 이 세계가 퍽 마음에 든다. 세계에 대한 양가적인 감정, 아름답고 추한 이 이중적 세계에 대한 예찬과 끈질긴 기록, 내가 하고 싶은 이런 것들을 잘 하는 작가들이 있다. '줌파 라히리'와 '마리암 마지디'다. 이들의 공통점은 모국, 혹은 부모가 살았던 나라와 다른 곳으로 망명한 이민자들이나 난민들이라는 것이다.

특히 줌파 라히리의 『이름 뒤에 숨은 사랑』의 주인공 '고골리 강굴리'는 탄생 과정부터 디아스포라를 느낀다. 벵골 출신인 그의 어머니는 의사의 말을 잘 알아듣지 못하며 고골리를 출산했다. '고골리'라는 이름은 그의 아버지가 러시아의 소설가 '니콜라이 바실리예비치 고골'의 이름을 따

---

1 김혜순, 『당신의 첫』(문학과지성사, 2008)

서 지은 것이다. 그런데 그 이름은 인도나 미국 이름도 아니었고, 자신의 출생지에 연원한 것도 아니었으며, 앞으로 고골리가 살아갈 땅의 이름도 아니었다. 아버지 아쇼크는 그에게 고작 "우리는 모두 고골의 『외투』 속에서 나왔다"는 수수께끼 같은 말만 해 줄 따름이었다. 사실 그건, 아쇼크가 죽을 뻔한 사고를 당했을 때 그가 실제로 고골의 『외투』를 쥐고 있었기 때문이었다. 그는 죽음의 순간에 쥐고 있던 이름을 자신의 연장된 생애에 가져다 붙인 것이다.

인간의 탄생이라는 건, 이렇게나 양가적이고 복잡한 것이다. 고골리가 자신의 아버지가 사고를 당했을 때 『외투』를 들고 있었다는 이유로 뜬금없이 러시아 작가의 이름을 가지게 된 것처럼, 그는 자신이 선택하지 않은 수많은 것들로 인생을 꾸려 나가게 된다. 그 존재와 문화적 뿌리는 벵골에도 영국에도 속하지 못한 채 허공에 있으며, 그 존재 자체가 '뜬금없게' 되는 수많은 순간들은 필연이 아니라 모두 우연이었다. 고골리는 그것을 견뎌야 했다.

고골리는 아무것도 선택하지 못하는 인간이 어떤 태도로 삶을 응시해야 하는가를 잘 보여 준다. 그는 분노했으나 절규하지 않았으며, 증오했으나 컵을 바닥으로 던지지 않았다. 그는 삶의 우아한 수용자다. 그저 입을 다물고 자신의 이름을 속으로 되뇌면서, 손바닥처럼 휙휙 뒤집히는 이 길을 천천히 따라 걸었을 뿐이다. 그게 전부였다. 그는 삶을 받아들였다. 그것은 곧 그의 삶에 걸쳐진 수많은 죽음들과 공포까지도 받아들였음을 의미한다. 그에게 삶은 "때론 비극적이고 때론 찬란한, 대개는 그 둘 다인 역사의 우연"[2] 의 연속이었다.

그러나 모든 감옥에 우아한 수용자만 있지는 않다. 죄수복을 박박 찢으며 소리를 지르는 수용자도 있는 것이다. 그리고 나는 많은 경우, 그런 수용자들의 목소리에 귀 기울이게 된다. 그가 무엇을 찢고 어떤 언어로 말하는지 듣게 된다. 마리암 마지디의 『나의 페르시아어 수업』에 등장하는 수용자들은 "날개 없는 천사. 미친 양육자. 다정한 암살자"다.

나는 나를 기르고 먹인 여자들의 삶을 기록하고 싶다. 그러나 그럴 자격이 있을까? 나는 내 보잘것없는 역사를 거슬러 올라가, 수많은 여자들의 이야기를 기록하고자 하는 강렬한 욕망을 느낀다. 하지만 그런 일은 내 '작업'이 될 수는 있어도 절대로 내 '글'이 될 수는 없을 것이다.

나는 글을 통해 죽은 자들을 무덤에서 파낸다. 그럼 이게 내 글인가? 묘를 파내는 인부의 작업. 나도 가끔은 구토하고 목구멍이 죄어들며 뱃속이 단단히 뭉치곤 한다. 저주받은 묘지와 비슷한, 조용하고 거대한 들판을 걷는다. 그리고 고통스럽고 아픈 추억과 일화와 이야기를 파낸다. 때로는 악취가 풍긴다. 죽음과 과거의 냄새는 끈질기게 달라붙어 떨어지지 않

2 리디 살베르, 백선희 옮김, 『울지 않기』(뮤진트리, 2015), 114쪽

는다. 내게서 시선을 떼지 않은 채 자기들의 이야기를 하라고 졸라 대는 죽은 자들. 여러 해 동안 밤마다 식은땀을 흘리며 깨어났던 아버지처럼, 이들의 이미지는 내 머릿속마저 점령하여 쉴 새 없이 떠다닌다. 보이지 않는 망자들이 내 뒤를 따른다. 가끔은 길을 걷다가 몸을 휙 돌린다. 그러면 지워진 입들이 보인다.[3]

　내가 기록하고자 하는 눈밭은 아름답지만은 않다. 내 발이 쌓인 눈으로 푹 꺼졌다가 올라올 때, 억울하게 죽은 여자와 파묻힌 어린 아이 시신과 썩은 동물들의 사체가 함께 끌려 나온다. 나는 그것들을 눈 위에 펼쳐 놓고 그들을 애도한답시고 기록하는 것이다. 내 기록은 그런 것 같다. 그러면 나는 이 기록을 정당하게 할 수 있는 걸까? 나는 무엇을 찾고 있는가? 수많은 지워진 입들? (그 입들은 왜 지워졌는가? 무언가를 말하려고 해서?) 아니면 없어진 말이나 죽은 말들? 나는 활자로 그들의 지워진 입을 다시 적어 넣는다. 새로이 입이 생겼을 때, 그들은 무슨 말을 처음으로 할 것인가? 나는 억울하게 사라지거나 죽은 여자들의 이야기를 많이 하고 싶다. 그들에게 다시 입을 기록해 주면 모두 같은 말을 할 것이다. "나는 한 번도 죽은 적 없다"라고. 나는 죽은 적 없는 여자들의 시체를 끄집어낸다. 그들

3　마리암 마지디, 김도연·이선화 옮김, 『나의 페르시아어 수업』(달콤한책, 2018), 45쪽

이 보이지 않는 망자들이 되어, 내 뒤를 따라다니고 있다. 내 좁고 조용한 방이 온갖 여자들의 비명으로 시끄럽다. 마리암 마지디는, 나에게 그런 환상을 주는 유일무이한 작가다.

『나의 페르시아어 수업』의 '나', 즉 마리암은 고골리와는 다르다. 그는 모국의 페르시아어를 남자를 유혹하는 데 사용하면서도 그 언어로 연구를 하는 아주 매력적인 연구자다. 그는 자신의 '난민'이라는 정체성에 대해 디아스포라보다는 다른 것을 느낀다.

어디 사람이냐는 질문을 받으면 입을 다물고 싶다. 지어내든, 거짓말을 하든, 무엇이든 좋으니 다른 얘기로 돌리고 싶다. 다른 질문을 해 줬으면 좋겠다. 설령 그 질문이 너무 터무니없어서 나를 당황하게 만들고 놀라게 할지라도 말이다.

그러나 한편으로는 이국적인 나만의 작은 세계에 취해 살면서 자부심을 느끼고 행복해한다. 자부심의 정체는 남들과 다르다는 우월감이다. 하지만 그건 진짜 내 모습이 아니다. 나는 다만 낭만적인 망명자의 가면을 뒤집어쓰고 있을 뿐. 이를 일깨우는 내면의 목소리는 늘 거북하다. 당신에게 이 가면을 드린다. 받으시라. 당신의 두 손에 내려놓는 이 가면을.[4]

마리암은 '내면'을 자신의 연원에서 찾는 것을 원하지

---

4 같은 책, 101쪽

않는다. 그는 프랑스어로 말하는 프랑스인이며, 그에게 페르시아어는 그저 유용한 도구에 지나지 않는다. 그는 디아스포라를 느낄 의무가 없는데, 그와 함께 살고 있는 할머니와 엄마는 그에게 디아스포라를 강요한다. 그에게 흐르는 피가 그의 감정적 의무까지 결정하는 것이다. 그의 페르시아어는 입을 꾹 다물고 있었다. 아주 오랫동안.

그러나 마리암의 모국어는 줄곧 그를 기다렸다. 그리고 결국 마리암이 페르시아어를 전공하며, 페르시아어의 입을 열고, 그의 지워진 입을 기록하기로 했을 때, 모국어는 '네가 날 찾아냈으니 내 갈 길을 가야겠다'고, '더는 몰래 쫓아다닐 필요가 없겠다'고 말한다. 마리암은 '지상의 모든 조국에서 탈출한' 자이다. 마리암은 누구에게라도 자신을 설명할 필요가 없다. 그는 이란이자, 시인이기 때문이다. 이란은 존재하지만 행동하지 않는 나라이며, 시인은 진술하지만 묘사하지 않는 존재다. 기술 없이 존재하는 대상이 있다. 마리암에게는, 프리즘을 통과해 온 페르시아어가 그것이다.

우리 집에 놀러 오면, 나는 내가 가장 좋아하는 책들을 친구들에게 빌려준다. 가장 많이 빌려준 책이 바로 『이름 뒤에 숨은 사랑』과 『나의 페르시아어 수업』이다. 이 책이 왜 좋으냐는 물음에는 다음과 같은 말을 인용하여 답한다.

무슨 일이야?

나 사랑에 빠졌어.

언제부터?

어제 저녁부터 그리고 앞으로 평생.

오자마자 그런 거창한 말을 하는 게 어디 있어!

거창한 말의 계절이잖아, 환히 빛나는 얼굴로 몬세가 대답했다. [5]

내가 이 거창한 말의 계절만 지속되는 세계에서, 거창하게 말하건대, 나는 이 책들과 사랑에 빠졌어. 앞으로 평생. 그러니 너도 이 책 읽어 봐. 내 책을 들고 있는 친구의 손을 바라본다. 이제 그는 나와 같은 방법으로 세계를 기록하는 태도를 가져야 한다. 그의 방에도 지워진 입들이 가득하게 될 것이다. 나도 언젠가 지워진 입이 될 것이다. 만약 이런 말을 『나의 페르시아어 수업』의 '마리암'에게 하면 뭐라고 할까? 그는 아마도 이렇게 답할 것이다.

"그러고 싶다면 얼마든지!"[6]

5 리디 살베르, 백선희 옮김, 『울지 않기』(뮤진트리, 2015), 155쪽
6 마리암 마지디, 김도연 · 이선화 옮김, 『나의 페르시아어 수업』(달콤한책, 2018), 95쪽

오늘 밤 이 세계에는
사랑을 위한 장소는 없다[1]

마르그리트 뒤라스
『여름밤 열 시 반』
『타키니아의 작은 말들』
『죽음의 병』

　내밀한 이야기를 해야겠다. '새삼스럽게?'라고 생각할 지도 모르겠지만, 나는 이런 고백을 할 때 꽤 망설이는 편이다. 존재의 불안. 열망 어린 광기. 이런 것들에 관해서다. 어떻게 생각할지는 모르겠지만, 나는 아주 어렸을 때부터 이런 불안에 시달렸다. 죽음과 한시적 사랑. 이런 것들이 나를 미칠 만큼 불안하게 만들었다.

　예를 들면 이런 일이 있었다. 열 살쯤의 일이다. 『아이들이 묻고 노벨상 수상자들이 답한다』(달리, 2002)라는 아주 건전한 과학책을 읽고 있었는데, 그 책은 유리병에 든 젤리의 개수를 정확히 알 수 있냐는 등의, 귀엽고 간단하지만 쉽게 답할 수 없는 질문들에 노벨과학상 수상자들이 답변

1　마르그리트 뒤라스, 김석희 옮김, 『여름밤 열 시 반』(문학과지성사, 2020), 43쪽, 변용

하는 책이었다. 그중 하나가 바로, "지구는 앞으로 얼마나 더 돌까요?"라는 질문이었다. 그 질문에 한 과학자는 "지구가 도는 속도는 조금씩 느려지고 있지만, 그런 건 조금도 걱정할 것이 못 됩니다. 그건 몇십억 년이 걸릴 거고 그때면 인류는 없을 거거든요"라고 대답했다.

나는 이 대답이 아직도 충격적인데, 그는 인류와 지구 전체의 멸망과 멸종을 근거로 '걱정하지 말'라는 답변을 내놓은 것이다. 물론 그 과학자는 지금 당장 지구는 멈추지 않을 것이니 너의 생애 동안 그 비참하고 슬픈 멸망은 일어나지 않는다는 취지에서 한 말일 것이다. 그런데 그때의 나는 그 답변 옆에 그려진 삽화 앞에서(심지어 삽화도 회색으로 변한 지구였다) 갑자기, 한 번도 경험해 보지 못한 슬픔과 불안에 어쩔 줄을 몰라 했다.

아무튼 이 모든 건, 내 죽음과 관계없이 모두 소멸한다는 것이지? 나는 열 살의 내가 할 수 있는 일을 했다. 엄마에게로 가, "엄마, 죽으면 어떻게 돼?" 하고 질문하는 것. 문제집을 펴 놓고 수업 준비를 하던 그는, 자신이 자랑하는 이지적이고 과학적인 사고 후에 답변을 했다. "없어지는 거지." 어떻게 완전한 소멸에, 지금 이 순간이 환상일 수도 있다는 생각에, 불안해하지 않고, "네가 숙제를 다 하기 전에 없어지지는 않을 거야"라고 할 수 있단 말인가?

고백하건대, 나는 지금도 소멸에 관해 생각하면 가슴이 아플 정도로 심장이 세게 뛴다. 이 모든 존재가 소멸한다는 게 아무도 불안하거나 슬프지 않단 말인가?

그날 이후 나는 소멸에 대해 골몰하기 시작했다. 열 살 어린이가 하기엔 그다지 건강한 생각은 아니었던 것 같다. 나는 선생님이 검사하든 말든, 일기장에 '죽으면 어떻게 되나요? 성당에선 부활한다고 하는데, 그동안 제 몸이 썩으면요? 할머니는 할머니의 모습으로 부활하나요? 만약 할머니가 젊은 시절로 부활하면 저는 할머니를 잃어버리는데, 그건 괜찮을까요?' 같은 질문을 퍼붓듯 적었다. (가엾은 담임 선생님……)

그는 햇빛으로 그을린 건강한 피부를 가진 젊은 남자였다. 가끔 그는 곤란한 표정으로 나를 불러 "너 일기에 좀……" 하고 말을 흐렸다. 그 '좀……'에 곤란함, 당혹스러움, 거부감 같은 것이 들어 있었음은 모두 짐작할 것이다.

나는 그때부터 '남에게 보여 줄 일기'와 '감정과 생각을 폭발적으로 쓰고 버릴 일기', 그리고 나중에 '내가 다시 읽을 일기'를 구별해서 쓰기 시작했다. (그렇다면 이 글은? 이것은 '남에게 보여 줄 일기'에, '감정과 생각을 폭발적으로 쓰고 버릴 일기'와 '내가 다시 읽을 일기'의 요소들을 나와 남을 해치지 않을 정도로 섞어 새로 직조한 글이다.)

이런 일련의 사건들 때문인지 엄마는 내가 밤새 책을 읽거나 판타지 영화를 보는 것을 좋아하지 않았다. 엄마는 내가 가진 소멸에 대한 불안이, 내가 다른 아이들과 '다르다'는 사실이, 『나니아 연대기』를 너무 많이 읽어 옷장 속으로 들어가려고 시도했던 것과 비슷한 결의 문제라고 생각했던 건 아닐까? 혹은 당시 유행하던 TV 프로그램 〈우리 아이가 달라졌어요〉에서 많은 어린이들이 진단받은 ADHD라고 생각했을 수도 있다. 아니면 열한 살 생일, 호그와트로부터 입학 편지가 오지 않았다고 '엄마가 머글이라서 그런 거잖아!' 하고 신경질을 부리고, 심지어 그것을 일기에 쓴 것으로 미루어 보아 태생적으로 신경질적이고 과민하다고 생각했을 수도 있다. 성실한 양육자였던 나의 엄마는 나를 '좀 다르다'라는 평에서 탈피시키고자 부단히 노력했으며(그 노력은 아마도 실패했다) 환상 속의 세계가 아니라 과학적이고 실재적인 세계에 내가 위치할 수 있도록 힘썼다.

그러나 원래 양육이라는 건 기대와 다른 법이다. 나는 명확한 과학적 사실 앞에서 처음으로 내 존재론적 불안을 느꼈고, 오히려 환상 속의 세계는 나를 안정시켰다. 지구가 언제 멈출지, 멈추지 않을지, 그때 과연 인류는 존재할지, 나는 이 세계에 대해서 아무것도 몰랐다. 처음부터 끝까지 내가 이 세계에 대해 알고 있는 거라곤 하나도 없었다. 하지만 그런 환상 속의 세계는, 자주 읽고 많이 보면 처음부터 끝까지 이해할 수 있었다. 누군가 상상만으로 만들어 낸 세계가 좋았다. 그의 상상 속 세계가 누군가에게는 현실이 되고, 전설도 되어서 나를 압도한다는 것. 나를 아무렇게나 그 세계 속에 던진 다음에 내가 모르는 나의 왕을 섬기고,

찬란한 맹세를 하는 것. 나는 그 세계에 매료되어서 『호빗』과 『레드북』을 쉴 새 없이 읽었다. 언제든 누메로니안을 만나면 그들에게 경의를 표하기 위해 퀘냐어를 공책에 정리했다. 나를 압도하는 세계와 그 내부에서 결속되고 사랑하는 사람들이 좋았다.

『반지의 제왕』이 영화로 나왔을 때, 나는 줄을 서서 단오극장에서 그 영화를 봤고, 『해리포터』 시리즈들이 출간될 때마다, 처음으로 사기 위해 서점이 여는 9시에 줄을 서 학교에 지각하기도 했다. 한동안 나는 이 두 책에 관한 이야기만 일기에 썼고, 가엾은 선생님은 또 나에게 '앞으로는 실제로 있었던 일도 쓰렴. 나는 네가 오늘 학원에서 무엇을 배웠는지, 놀이터에서 무엇을 했는지가 궁금하단다'라고 적어 주셔야만 했다. 하지만 선생님도 생각해 보세요. 어린이에게 아름다운 엘프와 마법 학교보다 자극적인 게 어디 있을까요?

아무튼, 나도 나이를 먹어 가면서 천천히 판타지를 졸업했다. 음…… 사실 아니다. 판타지의 맥락이 옮겨 갔을 뿐이다. 난 아이돌 덕질을 시작했다. 음악 방송 및 사전 녹화에 가기 위해 학교를 빼먹었다. 미술 수행 평가는 대충 했지만 응원 도구는 누구보다 화려하게 만들었다.

그 다음으로는, 일본 애니메이션, 특히 소년 만화를 좋아했다. 『강철의 연금술사』, 『최유기』, 『가정교사 히트맨 리본』, 『은혼』, 『유유백서』, 『헌터헌터』, 『XXX홀릭』, 『이누야

샤』, 『나루토』, 『블리치』 등을 닥치는 대로 보면서 나와 차원이 다른 이들의 세계를 너무 사랑했다. 그들이 '너! 내 동료가 되라!'라고 종이 속에서 나에게 손을 내밀면 나는 그 손을 잡았다. '그깟 동료, 한번 되지 뭐!' 하면서. 한 권에 300원 하는 만화책을 잔뜩 빌려다 피아노 의자 밑에 숨기고, 엄마가 잠들면 핸드폰 백라이트를 켜서 밤새 읽는 나날들이 이어졌다. 대학에 가면 그만둘 줄 알았는데, 그 다음에는 마블 시리즈에 꽂혀서, 레드카펫의 아이언맨을 봐야겠다는 이유 하나만으로 LA에 다녀오기도 했다. 막상 가서는 길거리에서 프레첼을 씹으며 다녔을 뿐이지만.

덕질은 서른이 되어서도 끝나지 않았다. 이번에는 연극과 뮤지컬에 꽂혔다. 절대로 재현될 수 없는 무대에서 배우들이 몸짓을, 노래를, 목소리를, 표정을 터뜨리는 게 너무 좋았다. 그들 한 명 한 명이 모두 예술의 순간에 참여할 때, 무대에서 나를 바라볼 때, 나는 무대로 뛰어 올라가고 싶어 견딜 수 없다. 무대에서는 온갖 치정과 사랑과 증오를 반복하던 사람들이, 커튼콜 때는 감격의 울음을 머금어 붉게 변한 코와 뺨을 하고서 인사를 하러 나오는 것도 좋다. 그리고 퇴장하는 순간마저도. (가지마! 나 빼고 행복하지 마!)

극장은 인간이 신 없이도 죽었다가 다시 태어날 수 있는 유일한 곳이다. 동시에 기도 없이도 부활할 수 있는, 유일하게 인간적인 장소이기도 하다. 무대 위에서는 죽고 서로 증오하고 울지만, 막이 내리면 다들 울어서 빨개진 눈으로 사이좋게 손을 잡고 있는 게 좋다. 나는 극 중에는 투명한 방백이지만 막이 내리면 박수치는 관객이 된다. 내가 유령이 아니라 그들에게 환호를 보내는 단단한 관객으로 실존할 수 있다는 게 정말 좋다.

그중에서도 내가 유달리 사랑하는 사람이 있다. 가수이자 뮤지컬 배우인 '테이'다. 나는 그가 20년 내내 노래를 부르면서도 조금도 질려 하지 않고 즐거워하는 모습을 좋아한다. 그는 내가 사랑하는 여러 얼굴을 가졌다. 그 얼굴들 중 가장 솔직하고 곧은 얼굴이 어떤 배역이 아니라 그의 본모습이라는 것이 좋다. 그는 너무나도 성실하다. 그가 각진 무대 위에서 손을 펼치고 입모양으로 쉴 새 없이 '감사합니다'라고 인사하며 고개를 꾸벅꾸벅 숙이는 동안 나는 그 무대 위에서 그 극을, 그 순간을, 자신을 최선을 다해 사랑하는 그의 마음을 가늠해 본다.

나는 언제나 그의 마음과 사랑의 속도를 따라잡고 싶다. 나는 극이 내리면 그 다음엔 뭘 사랑해야 할까 하고 전전긍긍하지만 그는 자신이 존재하는 극의 모든 장면과 모든 순간을 사랑하고 있어서, 그 최선과 최대의 마음을 나는 감히 따라잡을 수가 없다. 그게 그를 사랑하는 이유다.

정말로 불균등한 사랑이다. 나는 아무것도 바라지 않고 그의 행복과 건강과 재능을 사랑하니까. 하지만 사랑이라는 말이 좋은 건, 이런 불균등하고 먼지처럼 사소한 감정도 모두 사랑이라는 말에 포장하듯 넣어 놓고 나를 설명할 수 있게 한다는 점이다.

　이렇게 장황하게 내 '덕질'의 역사를 설명한 건, 내가 뭔가에 쉽게 몰입하고 또 그 몰입을 멈추지 않으면서 내 불안한 심리와 언제 끝날지 모르는 이 세상에 대한 증오를, 지금 이 순간을 최선을 다해 사랑하는 다른 대상들에게 투사하고 있다는 걸 말하기 위해서다. 필요 없는 이야기였나? 어쩔 수 없다. 원래 오타쿠는 자기가 좋아하는 주제가 나오면 끝없이 주절거린다. (이런!)

　그러나 내가 졸업하지 못한 것이 있다. 사랑에 관한 문학, 제멋대로 운명을 갖다 버리는 여자들의 글에 관해서다. 그런 글을 읽고 나면 어지러움과 구토감이 느껴진다. 그것들은 나에게 언제나 자신을 파괴할 것을 제안한다. 내밀하게 세계를 보여 준 다음, 내가 그 세계로 들어오면 문을 걸어 잠근다. 이 세계가 언젠가 멸망할 거라는 확신은 내 불안을 어딘가로 끊임없이 투영하고 싶은 욕망과 맞닿아 있다. 내가 생각하기에 가장 불안하고 파괴적인 글을 쓰는 작가는 '마르그리트 뒤라스' 같다.

　앞서 말했다시피, 나의 존재론적 불안은 유구한 역사를 가지고 있다. 내가 나 아닌 누군가에게 계속 사랑과 탄생을 투영하는 것도 이 불안을 해소하기 위함이다. 가끔 죽음이나 소멸을 생각하면 심장이 지나치게 빨리 뛰거나 식은땀이 흐를 정도로 불안이 신체화된다. 그 불안이 지나쳐 약한 공황장애가 오면 상담을 받기도 했다. 그 상담의 효용은 차치하고, 내가 진지하게 이 존재론적 불안에 대해 설명하면, 상담가들은 난처한 표정을 짓곤 했다. 마치 담임 선생님이 『해리포터』와 『반지의 제왕』으로 가득 찬 일기를 읽을 때 지었던 표정처럼. 나는 이해받기를 포기했으며 (굳이 이런 건 이해받을 필요가 없다. 나의 선생님은, '존재론적 불안' 을 남에게 이해받고자 하는 건 인식적 폭력이라고 했다) 그때의 불안을 넘기고 건강하게 사는 일상을 기록했다. 불안과 일상의 건강은 다른 거니까.

내가 이 세계를 불안해 한다는 것이, 곧 내가 파괴적인 삶을 살 거라는 의미는 아니다. 그것은 오히려 상반된다. 나는 언제나 궁금하다. 이 불안의 종말에 뭐가 있을 것인가? 그 종말을 이지적이고 명징하게 기억하고 기록하기 위해서는 적어도 나는 건강해야 한다.

다시 뒤라스의 얘기로 돌아가서, 뒤라스의 글은 지독하게 비정형적이고, 자기 파괴적이고, 내밀하다. 처음 뒤라스의 『말의 색채』(미메시스, 2006)와 그의 영화 인터뷰들을 읽었을 때, 나와 똑같은 생각을 하는 자가 존재함을 깨달았다! 그게 2007년 즈음이니까, 고등학생 때다. 나는 그때 내가 가진 특별한 예민함과 감수성은(그것도 천재적인) 예술로 해소될 수 있다는 생각 혹은 착각을 했다. (고등학생 때는 다들 그런 생각을 하지 않는가⋯⋯)

그때부터였다. 정확히는 모르겠지만 뒤라스와 비슷한 일을 해야겠다는 마음이 들었다. 그래서 철학 공부를 시작했고, 이십 대 초반 내내 연극판을 기웃거리며 배우가 되길 열망했고, 영화도 미친 듯이 보았다. 그러고 나서 의도한 건 아니었는데, 작가가 됐다. 뒤라스와 비슷한 열망을 해소하고 싶었다.

뒤라스의 글은 내밀함이 너무 지나쳐서 읽다 보면 몸이 간지럽다. 살갗을 피가 나도록 긁고 싶다. 짧게 깎은 손톱에 내 살점이 끼거나 혹은 닥치는 대로 고기를 먹고 잇속에 낀 살점을 혀로 문질렀을 때 느끼는 기묘한 불쾌감, 그것이 뒤라스의 글을 읽을 때마다 느껴진다. 떨어지거나 잇속에 낀 살점처럼, 조각나고 분리된 물질적 존재와 손에 잡히지 않는 비정형적인 실체. 뒤라스는 그것을 쓴다. 뒤라스와 뒤라스의 글, 그리고 뒤라스의 글에 존재하는 여성들은 어떤 모델도, 레퍼런스도 존재하지 않는 희미하고 전무후무한 멸망으로 치닫는 존재들이다. 그들은 언제나 불안하고 갈증에 시달린다.

마리아, 내가 뒤라스의 여자들 중 가장 사랑하는 여자. 마리아는 어린 아내와 내연남을 살해한 로드리고 파에스트라를 지붕에서 구해, 차에 싣고 떠난다. 내가 매료된 건, 뒤라스가 비 오는 밤에 갈증을 해결하고자 술을 마시는 마리아의 태도와 외양, 마음을 묘사하는 부분이다. 마리아는 술을 마신다. 어린 딸을 본다. 남편, 피에르를 본다. 그는 자신의 친구, 클레르와 바람을 피우고 있다.

마리아는 잠잘까 생각해 본다. 그럴수록 술을 마시고 싶어서 견딜 수가 없다. 새벽까지 기다린다는 건 아마 무리일 것이다. 한밤중의 그 순간이 다가왔다. 싫어도 맞이하지 않으면 안 되는 내일이라는 날에 대한 피로감을 새삼 느끼게 해 주는 순간이다. 내일이 올 것을 예상하기만 해도 벌써 진절머리가 난다. 내일은 그들의 애정이 더욱 발전할 것이다. 기다리지 않으면 안 된다.[2]

마리아는 끊임없이 만샤니아 포도주를 마시며 생각한다. 이 엇갈리는 열망과 욕망에 대하여. 자신의 친구를 욕망하는 남편, 남편을 욕망하는 자신의 친구, 욕망 끝에 살해로 치달은 로드리고. 모두들 무언가를 욕망하다 파괴로 치닫는다. 그러나 마리아는 어떤 것으로도 '치닫지' 않는다. 그는 그저 테라스에서 만샤니아 포도주 한 잔을 더 시켰을 뿐이다. 그렇다고 그가 평온했는가? 오히려 마리아는, 아무것도 욕망하지 않았다는 바로 그 사실 때문에 파괴와 자기 존재 자체의 멸망, 파멸로 가라앉고 있었다. 느리지만 확실하게.

---

2 마르그리트 뒤라스, 김석희 옮김, 『여름밤 열 시 반』(문학과지성사, 2020), 58~59쪽

그렇다면 마리아는 무엇을 욕망해야 하는가? 마리아는 욕망을 잃었다. 그는 자신의 세계가 어떻게 멸망하거나 멸종할지 잘 알고 있었으므로 궁금한 것도 없었고 욕망할 것도 없었다. 그의 생애는 어떻게든 끝난다. 그는 그것을 "어쩌면 오래전부터[3]" 알고 있었다. 그렇다면 마리아는 왜 로드리고를 탈출시켰는가? 모든 걸 알고 있다는 절망을 알코올과 권태로만 해결하려던 그는 자신이 알 수 없는 것을 선택했고 그게 로드리고였을 뿐이다. 이는 만회할 수 없다. 부딪힌 존재들은 존재해서는 안 된다. 아니, 존재할 수 없는 존재들이다. 시각보다는 촉각에 가까운 존재들. 눈으로 볼 수는 없지만 만질 수는 있는 그 존재들 말이다.

당신은 눈의 색깔이 여자와 당신 사이에 놓인 영원히 넘을 수 없는 경계는 아닐 거라는 사실을 깨닫는다. 아니다, 그것은 눈의 색깔이 아니다, 당신은 그 색깔이 초록과 회색의 중간 어딘가에 해당되리라는 사실을 알고 있다, 아니다, 그것은 색깔이 아니라, 시선이다.

시선.[4]

뒤라스가 묘사하는 타인과의 관계(주로 파괴적 이성애)에서는 명사가 무력화된다. 이를테면 눈동자의 색깔과

이름을 알려 줄 낱말을, 여자가 말하는 대신 침묵하거나 대체한다는 측면에서. 남성(당신)은 시선이 눈동자의 색깔을, 비명이 이름을 알려 줄 낱말을 대신하는 것을 견디지 못한다. 여성은 오래전부터 침묵, 즉 자신에 대한 인식, 그리고 자신의 목소리를 듣는 능력과 자연스럽고 내밀하게 연관되어 있었으므로 침묵과 회피 때문에 그 자신을 자신의 존재에서 유리시키지 않는다.

구조적으로 관념적이고 이론적인 지식을 지나치게 강조하는 남성의 글쓰기에서 결여되었던 여성은, 뒤라스의 글 속에서 진정한 존재로 현존한다. 그러니까 뒤라스는 모리스 메를로 퐁티가 말한, 그동안 촉각의 형태로 존재해 왔던 여성의 존재를 무엇보다 시각적인 방법으로 종이 위에 재현한 것이다.[5] 그 촉각의 현존을 깨달은 당신은 명료한 지각과 시각적 인식으로 포착할 수 없는 '검은 바다'를 마주하고 '까닭을 알지 못하는 흐느낌'을 느낀다. 그러나 당신은 "울음을 터뜨릴 수 있도록 당신과 합쳐질 수 없다"[6]. 당신은 남성이기 때문이다.

당신은 한번 더 방으로 돌아온다. 여자는 거기 있다, 자기만의 고유한 어둠 속에, 자신의 장엄함 속에 버려진 채, 자고 있다.

---

5 『마르그리트 뒤라스의 글』(민음사, 2019)과 『지각의 현상학』(문학과지성사, 2002), 참조

6 마르그리트 뒤라스, 조재룡 옮김, 『죽음의 병』(난다, 2022), 32쪽

당신은 여자가, 말하자면, 어느 순간에나 여자 자신의 욕망에 따라, 여자의 몸이 살기를 그칠 수 있을, 여자의 주위로 그 몸이 흩어지게 할 수 있을, 당신의 눈앞에서 사라지게 할 수 있을, 그런 방식으로 만들어졌다는 사실을, 바로 이와 같은 위험 속에서 여자가 잠을 자고 있다는 사실을, 당신에 의해 여자가 알몸으로 노출된다는 사실을 깨닫는다. 바다가 아주 가깝고, 황량하며, 여전히 아주 검어서, 여자는 위험을 초래하며, 이 위험 속에서 여자가 잠을 자고 있다는 사실을.[7]

당신은 여자가 검은 바다 앞에서 잠을 자고 있다는 사실에, 당신이 여자를 사랑하고 죽일 결심을 이성적으로 하는 동안 여자가 모두 벗은 몸으로 잠을 자고 있다는 사실에 놀란다. 겁을 먹는다. 공포에 질린다. 그것은 그가 사랑할 '대상'으로 여겨 왔던 여성이 갑자기 자신보다 더 깊은, 알 수 없는, 모호한, 그러나 현존하는 존재라는 것을 깨달았기 때문이다.

더 이상 당신은 여자를 사랑할 수 없다. 당신은 값을 치르고 사랑의 대상을 구했을 뿐, 자신보다 모호한 존재를 감당하려 한 건 아니었기 때문이다. 당신은 "여자를 바라보지 않고" "나머지 모든 것"[8]을 바라봤다고 대답한다. 여자는 그

7 같은 책, 39쪽
8 같은 책, 41~42쪽

말에 슬퍼하지 않는다. 여자는 당신의 폭력적(아폴론적)[9] 시선에 포착되지 않는 것에 성공했다. 여자는 당신으로부터 독립되어 존재한다. 당신은 견딜 수 없다. "당신은 수 세기 전부터 의혹의 대상이 되어왔던 형체를 바라보고" 있다. 결국 "당신은 그만둔다".[10]

여자가 말한다: 모든 종류의 법규를, 도덕의 온갖 지배를 거스르며, 연인을 죽이려 하는, 당신을 위해 연인을 간직하려 하는, 오로지 당신 혼자만을 위해, 연인을 취하려 하는, 연인을 훔치려 하는 지경에까지 이르는 그런 욕망, 당신은 그걸 알지 못해요, 당신은 단 한 번도 이런 욕망을 가져본 적이 없지요?

당신이 말한다: 단 한 번도 없어요.

여자는 당신을 바라본다, 여자가 반복한다: 신기하네요, 죽은 사람은.[11]

여자가 보기에 당신은 죽은 사람이다. 이성적 사고에 물화되어 육체적으로 나아갈 수 없는 죽은 사람. 그래서 당신은 존재의 근원에 대해 '검어요'라고 대답하지만, 육

---

9   프리드리히 니체, 김출곤·박술 옮김, 『비극의 탄생』(잎다, 2017), 참조
프리드리히 니체에 따르면 예술적 충동에는 '아폴론적 충동'과 '디오니소스적 충동' 두 가지가 있다. '아폴론적 충동'은 이성적, 시각적, 균형적인 조형적 예술 충동인데, 이 충동은 야성적, 본능적 음악적 예술 충동인 '디오니소스적 충동'의 타자로서만 존재한다. 즉 아폴론적인 것은 디오니소스적인 것과의 대립을 통해서 존재한다는 것이다.
10   마르그리트 뒤라스, 조재룡 옮김, 『죽음의 병』(난다, 2022), 43쪽
11   같은 책, 54~55쪽

체적으로 사고하고 촉각으로 이루어진 여성은 그것이 검지 않다고 말한다. 그것은 옳다. 내가 모르는 존재의 근원에 대해 '검어요'라고 말하는 것은 그것을 아폴론적으로 포착할 수 없기 때문에 할 수 있는 대답일 뿐이므로. 그러므로 당신은 당신을 떠난 존재가 당신을 스쳐 지나갈 때에도 "절대로 알아볼 수 없다. 당신은 절대로 그럴 수 없을 것이다".[12]

나는 '남자', 그리고 내가 불안해하는 세계는 '여자'다. 나는 그것이 언젠가 멸망하고 멸종할 때를 상상하고 불안해하지만, 사실 아니다. 세계는 끊임없이 생장하는 촉각의 영역 안에 있으므로 멸망까지도 성장할 수 있다. 나는 그것이 두려워 눈을 감는다. 죽음은 나의 영역이 된다.

타인도 마찬가지다. 타인은 나와 다른 세계. 언젠가 멸종과 멸망으로 치닫는 열린 세계. 언젠가 자전의 속도가 느려지다 못해 멈추는 지구만이 멸망을 앞둔 세계는 아니다. 타인이라는 세계가 존재한다. 나는 그 세계를 어떻게 대해야 하는가? 나는 사랑이라는 대상으로 불쑥 다가오는 타인의 세계를 두려워하지만 사랑한다. 두려움과 사랑은 기존의 인식에서 끊임없이 탈피한다는 데서 비슷한 말일지도 모른다.

예를 들면 정답을 잘 맞히는 사람이 있다. 학습하지 않

---

12 같은 책, 67쪽

았는데도 본능적으로 나에 대한 정답을 잘 맞히는 사람이 있다. 나에 대한 타인의, 외부의 요청에 "어떤 면을 말해 줄까?" 하고 자신만만하게 웃는 얼굴, 그 얼굴과 자신감이 좋다. 빛나고 환하다. 부연 설명을 거부하는 저 존재가 좋다.

모든 타인은 내게 언제나 끝없이 열린 세계라는 점에서 동일하지만, 그 세계가 어디까지 열리고 또 어떻게 열릴지는 각기 다르다. 나는 인류의 세계가 어떻게 열리는지에 대해 지대한 관심이 있다. 그러나 구체적이고 개별적인 좁은 문들에 대해서는 관심이 없다. 내가 관심 있는 건 오로지 푸르고 구불거리는 문. 내 은유가 사실이 되는 사이가 궁금할 뿐이다. 은유가 사실이 되는 것에 대한 다음과 같은 예가 있다.

내가 가장 좋아하는 신발은 진녹색이며, 누군가가 나를 애써 생각한 후에 사 준 것이다. 여기서부터 은유는 정확한 소문이 된다. 나에게 진녹색의 신발을 사 주기 위해서는 나에 대해 많이 알아야 한다는 것이다. 이걸 알기 위해, 나의 연인은 나에게 "캄파리 한 잔 더 하고 싶어요" 하고 말했을지도. 그 말에 나는 계속해서 "열 잔, 난 열 잔이라도 함께 마시고 싶어요"[13] 하고 응했을지도.

발목과 복숭아뼈가 다 보이는 아래로 파인 디자인, 둥글지만 투박하지 않은 앞코, 날씬한 옆 모양, 걸을 때마다

---

13 마르그리트 뒤라스, 장소미 옮김, 『타키니아의 작은 말들』(녹색광선, 2020), 148쪽

차박차박 하는 박수갈채 같은 소리. 이 신발을 신고 나는 좋아하는 곳에 많이 갔다. 이토록 만듦새가 좋은 신발을 사준 사람의 마음에 보답하려면 내 마음의 만듦새를 매만지고, 깎고, 보듬고, 보살펴야 한다. 나를 좋아하는 자들과 그들이 내게 준 마음에 보답하기 위해서는 내가 나를 사랑해야 한다. 나는 '남자'처럼 아무것도 사랑하지 못하고 죽음의 영역에 유배당한 사람이지만, 타인은 나를 '여자'로 본다. 그들에게 나는 죽음이 아니라 미지의 영역으로 이동한다. 나는 그 관계 사이에서 존재하는 것이다.

왼쪽 뺨에 지하철 차창으로 노란 햇빛이 길게 든다. 햇빛이 나를 매만지고 있다. 내가 만지지 않은 뺨도 빈틈없이, 절대적으로 매만지는 존재를 떠올린다. 나를 가장 사랑하는 존재를 생각한다. 누군가는 그걸 신이라고 하겠지만, 빈틈없이 매만지는 저 가엾고 슬프고 다정한 손길을 사유 없이 간단히 신이라고 말하는 것에 반대한다.

슐레겔의 말에 따르면, 우리가 처음으로 사랑을 시작할 때부터 실험이 필요하다. 우리는 다양한 종류의 관계들을 시험해 보기 전에는 우리에게 가장 잘 맞는 파트너를 찾아내기 어렵다. 특히 남자들은 남성적 정체성이 자부심으로 너무 강력하게 굳어져 있어 여성적 특성들을 아울러 가지기가 어렵기에 더 그렇다. 사람들은 대부분 그런 성숙이 일어나기 전에 결혼을 한다. 그 결과 "거의 모든 결혼은 단순히 내연관계나 정사,

혹은 그보다 임시적 실험에 불과한, 참된 결혼과는 거리가 먼 아류작이다."[14]

사랑에 대한 모든 실험의 결과는 진실의 아류작이다. 우리는 타인을 사랑할 때 다음과 같은 조건하에서만 그의 존재를 해치지 않을 수 있다.

사실 우리는 잘 알지 못했지요. 우리가, 당신과 내가 아는 것이라고는 서로가 서로를 마음에 들어 한다는 사실 뿐이었습니다. 이 얼마나 굉장한 사건인가. 얼마나 흥미진진한 이야깃 거리인가. 얼마나 특별한 사랑인가. 우리가 서로 함께 산다는 것은 불가능한 일이었지만, 달리 어찌 할 도리가 없었습니다. 점점 더 서로를 마음에 들어할 수밖에 없었지요.[15]

그렇다면 이제 이렇게 물을 수 있다. 이 열망, 실험의 결과는 얼마나 진실에 충실해야 하는가?

사랑이란 단어 자체가, 존재 전체를 포괄하는 사랑 그 자체를 대신할 수는 없다. 사랑은 휴가를 떠나지 않는다. 그것은 성실하다기보다는 지겹다. 그러나 사랑은 권태를 포함한 모든 것까지 온전히 감당하는 것이라고 말할 수 있

---

14   사이먼 메이, 김지선 옮김, 『사랑의 탄생』(문학동네, 2016), 309쪽
15   얀 앙드레아, 양영란 옮김, 『나의 연인 뒤라스』(조선일보사, 2000), 45쪽

다.[16]

나는 집을 지었다. 거리에서 옷을 벗고 살고 싶지 않았으므로. 그러나 그 거리로 뛰쳐나갈 때를 대비해서 큰 창문을 만들었다. 나는 그 집에 갇혀 자랐다. 나는 어른이 되었으나 내가 만든 집에서 다시 자랄 필요가 있었다. 나는 길거리에서 배운 이름들과 문장들을 모조리 다시 옮겨 적어야 했다. 벽에. 내가 만든 집의 벽에. 그 집에 누가 들어올지는 모르니까. 그의 세계에서 통용되는 말로 그를 받아들이기 위해서 나는 수많은 사랑의 언어를 학습하고 그를 위해 열릴 준비를 해야 했다.

그런데 누군가 내 집에 쳐들어와 나를 너무 사랑한다고 말한다면? 나는 그 순간을 위해 거대한 창문을 만들어 둔 것이다. 내 손에 캄파리가 들려 있다. 술잔을 쥔 손은 경쾌하고 그것을 쥐지 않은 다른 손으로는 시를 쓰고 있다. 뒤라스와 닮은 생애를 쟁취하기 위한 방편으로.

뒤라스는 파리에서 "나는 사랑을 사랑했고 사랑하기를 사랑했다"라고 말한 후 멸망했다. 그의 멸망의 순간은 3월 3일이었다.

---

16 마르그리트 뒤라스, 장소미 옮김, 『타키니아의 작은 말들』(녹색광선, 2020), 291쪽, 변용

2장

기행(紀行)과 기행(奇行)

부서지는 파도를 보고 있다. 무더운 햇볕 아래서 아무렇게나 걸어 다닐 수 있거나, 내가 연유도 결말도 모르는 언어를 들을 수 있는 해변가가 아니라서 아쉽지만, 시를 쓰기에는 적합한 바닷가라고 생각한다.

강문해변의 파도는 참 크고 깊다. 하얗게 부서지는 게 머리를 풀고 내 앞까지 달려와 쓰러지는 사람 같다. 깊은 곳에서는 하얀 거품이 일지 않고 햇빛 때문에 세로줄 무늬가 생기면, 파도의 살갗이 꼭 튼살 같다. '어디서부터 밀려와서 이렇게 큰 바다가 되었길래 저렇게 아름다운 튼살을 가지고 있는 걸까?' 나는 골몰한다.

바다가 보이는 베란다. 마음에 든다. 연인이 동그랗고 따뜻한 이마를 내 어깨에 기댄다. 저기 색깔 예쁘다. 아무 곳이나 가리킨 것 같지만, 서로가 어떤 곳을 짚는지 정확하게 알고 있다. 난 저기, 저런 초록색이 좋아. 알아. 그렇게 말할 줄 알았어. 서로 좋아하는 색을 정확히 안다는 건 아주 내밀한 정보다. 그 색을 좋아하기로 결정한 과정까지도 알고 있다는 것이므로. 그러니까 나는, 그런 과정들을 한 번 듣고 외울 수 있는 능력을 갖추고 있으며, 그것은 사랑을 시작할 수 있는 아주 작지만 소중한 능력이다.

최근 내 대녀에게 "옛날에는 아빠가 운전하고 있으면 종이로 된 지도로 다음 국도 번호를 찾아 주었어"라고 말했는데 믿지 않았다. 이 맹랑한 아가씨는(대녀는 자신을 이렇게 불러 달라고 요구했다) "게임 〈동물의 숲〉에서도 캐릭터가 걸으면 지도도 같이 움직이는데……" 하며 자신의 좌표가 나오지 않는 종이로 된 지도가 있었다는 사실을 받아들이지 않았다. 여섯 살 난 아이의 역사 속에서는 상상할 수 없는 과거였던 모양이다.

사랑을 할 수 있는 능력은 종이로 된 지도를 볼 수 있는 능력과 비슷한 것 같다. 종이로 된 지도에는 내 위치가 나오지 않는다. 손가락으로 더듬어 내 위치를 찾아야 한다. 여러 기호들도 알아야 하고, 축척에 따라 알맞은 거리를 가늠해 보아야 한다. 그게 사랑의 시작과 비슷하다는 생각을 한다.

내 마음이 어디까지 가는지 모르겠다. 그러면서도 내 마음이 너무 지나치게 사랑으로 빨리 달려가지 않도록 나를 계속해서 찾아야 한다. 사랑으로 비유되는 모든 시를 알고 싶다. 그 시를 모두 애인에게 바치고 그의 무릎 앞에 쓰러지고 싶다. 그러나 동시에, 그와 나 사이의 합당한 거리를 가늠하고 싶다. 한 뼘 반 정도. 그 사이의 간지러운 간격이 필요하다. 그걸 아는 건, 아주 사소하지만 중요한 능력이다.

바닷가에서 그런 이야기를 했었다, 연인에게.

"같이 영영 있자, 네가 나보다 어릴 때까지만."

이런 고백은 사랑을 할 수 있는 작은 능력에는 어울리지 않는 고백이다. 함부로 영원을 가늠하게 되니까. 하지만 그런 것들을 모두 알면서도 사랑을 위한 리스트들 위에 매직으로 죽죽 선을 긋고 계획들을 전면 수정해 버리는 것도 사랑이자, 내가 여행을 하는 방식이다.

내가 아무것도 모르는 세계에 발을 담그고 걷는 일. 물살이 점점 거세져서 잘 걷지 못하게 되면 누워 버리는 일. 다음날 근육통과 햇빛 때문에 벗겨진 살갗의 고통으로 신음하는 일. 엉망이 된 채로 웃는 일.

이것은 모든 기행에 대한 기록이다.

– 강문해변에서

낯설음 이론

나는 말을 해야 했다. 그러기 위해 그곳에 갔으니까.
나는 말해야 했다. 내 말이 그 텅 빈 공간을 채워야 했다.[1]

광장이 이송되고 있었다.

나는 딱딱한 창틀을 짚고 절반쯤 몸을 숨긴 채 그 공
간적 대이동을 보고 있었다. 공간이 사라지고 나면 시간
도 사라질까? 내가 묻고 네가 대답했다. 사라진다는 것과
없다는 것은 분별해야만 한다고.

시계탑이 햇빛을 받아 반짝거렸다. 나는 한때, 반짝이
는 것은 모두 은이라고 생각했다.

불분명하다
낯설고

기행(紀行)과 기행(奇行)

왼편에서 햇빛이 비쳤다. 볼에 끈적하게 묻었고 속눈썹과 뺨을 지나 손등으로 뚝뚝 떨어졌다. 손등이 탈 것 같아 창틀에서 손을 뗐다. 내 손만큼의 폭이 생겼고 네가 그 폭에 다시 손을 올려 두었다.

나눠 만지는 형체들

광장 다음에는 우리 차례였다. 우리 집에는 아흔두 명의 여자가 살았다. 나와 너를 포함해서. 사람이 많이 모이는 곳부터 천천히, 그러나 쉬지 않고 이송되었다. 우리는 아무도 광장이 어디로 이송되는지 몰랐다. 상실, 이송, 대이동, 철거, 이런 것들은 연습할 수 없었다.

영영 서툴게

네가 입을 벌린 채로 나를 바라보았다. 네가 웃느라고 벌어진 입 안의 혀가 햇빛을 받아서 반짝거렸다. 나는 여전히 그것이 은으로 만들어졌다고 생각했다.

네 손등이 타고 있었다.

1 조르주 페렉, 이충훈 옮김, 『생각하기/분류하기』(문학동네, 2015), 57쪽

나를 파괴하고자 하는 열망,
세계를 기록하고자 하는 열망

프랑수아즈 사강, 『슬픔이여 안녕』
아모스 오즈, 『나의 미카엘』
황유경, 〈베트남 드로잉〉 연작
- 베트남에서

어떤 열망이 있다. 이 세계에서 온전히 사라지고자 하는 열망. 그리고 내가 온전히 사라진 후에 완벽히 기록되기를 바라는 열망. 나는 나를 기술하기를 원하지 않지만, 나를 제외한 모든 세계를 기술하고 싶은 욕망도 가지고 있다. 이건 단순한 기호나 욕구의 차원을 넘어서는, 존재 방식 전부를 투사한 열망이다. 나는 잠깐 존재하고 싶다. 영원을 기록하고 싶다. 영원토록 기록되고 싶다.

잠깐 동안 이 세계에 스치는 나의 존재. 나는 이 희미한 존재의 떨림을 공항에서 가장 뚜렷하게 느낄 수 있다고 생각한다.

인천 국제공항의 딱딱한 회색 소파에 등을 기대고 지나가는 사람들을 느긋하게 바라본다. 그들을 관찰하고 그들에게 얽힌 사연을 상상해 본다. 커다란 캐리어를 불안하게 끌고 가는 파리한 여성. 유학을 가는 걸까. 작고 낡은 가방을 여러 개 메고 걷는 나이가 다소 든 남성. 출장을 가는 거겠지. 나는 그들의 다문 턱, 떨리는 눈꺼풀에 주목한다. 관찰과 관찰의 기록은 관찰자가 세계를 가장 잘 포착할 수 있는 방향으로 진행되기 때문에, 내가 그들을 더 관찰하고 상상했더라면 그들이 등장하는 시를 썼을지도 모른다.

수많은 글과 그림, 음악 등 모든 예술은 관찰자가 세계를 포착하는 방식이었다. 그들은 무엇을 포착해서 남기고 싶어 했던 걸까? 사랑? 생? 죽음? 증오? 순간? 영원? 아니면 이 모든 것들을 전부 다?

비록 나의 관찰 도구는 문자지만, 문자는 올바른 '측정'의 도구가 될 수는 없다. 가늠할 수 없는 오랜 시간 동안, 이 아무것도 없는 세계에 무언가가 만들어졌다. 그 무언가는 아름다우려는 목적이나 의도 없이, 원래 그래야 한다는 듯이 아름답게 오랫동안 존재했다. 그 존재 방식이 또 다른 거대한 존재를, 아름다움을 건설했다. 또한 그러려는 의도는 없었지만, 아주 오랜 시간이 지난 지금, 그 존재가 나를 경탄시킨다.

즉, 내가 기록하고자 하는 이 세계는 아주 오래전의, 순간 이전의 순간에 어떤 존재가 자체의 방식대로 다른 존재를 만들어 낸 세계다. 경이로운 방법과 방식으로. 알려 주지 않더라도 찾아오는, 소모되지 않는 방식으로. 나는 그 방식을 경외하고 감탄한다. 하지만 결국 관찰하고 불완전한 언어로 기록할 수밖에 없는 것이다. 안타깝다.

다시 의자에 등을 기댄다. 새벽 4시 24분. 공항 로비에는 아무도 없다. 바로 이 조용한 순간, 아무도 없는 비현실적으로 깔끔한 이 로비에 덩그러니 앉아 있는 나. 생과 죽음이 일직선으로 맞물릴 수 있다면, 그걸 공간으로 만들 수 있다면 바로 지금과 닮아 있을 것이다. 진정으로, 아무도 없었다. 이곳을 떠날 준비를 하며 설레는 나 외에는. 내가 모르는 기술과 순간으로 거대하게 만들어진 교차점이 있다. 이곳을 떠나기 위해 무수한 준비를 하고 있다. 나는 그 준비를 모른 채로, 나를 스쳐 지나가는 순간들을 관찰하고 기록한다. 공항에서는 시간과 순서에 따라 해야 할 일이 정해져 있다. 발권을 하고, 짐 검사를 하고, 출입국 심사를 하는 것. 내게 갑작스럽게 닥친 생애에도 이와 같은 사무적이고 건조한 과정이 있고, 그 과정 하나하나에 열정적으로 참여하는 내가 있다. 이곳을 떠나기 위한 열망으로.

그러니까, 여행이라는 건 죽음의 예행연습이다. 공포와 열망이 뒤섞여 있다는 뜻이다. 익숙한 곳으로부터 떠나, 사무적인 행위들을 열망적으로 수행하고, 낯선 언어의 세계로 편입되는 과정. 나는 그게 퍽 마음에 든다. 죽음 연습 혹은 여행을 위해 책장 앞에서 가져갈 책을 골랐다. 뒤라스에서 손가락이 멈췄다. 이번 여행의 목적지는 베트남이었다. 베트남에 뒤라스를 가져가는 건, '끔찍할 정도로' 문학적인 태도 같았다. 좀 더 이국의 명랑한 방랑자가 되기 위해서는 다른 글이 필요했다. 예를 들면 사랑에 대해 말하는.

사랑……

젖은 어깨, 떨리는 입술, 붉게 물든 뺨. 나는 타인의 얼굴 하나를 떠올린다. 그의 얼굴은 솔직하고 동시에 슬퍼 보인다. 자신의 감정을 능숙하게 숨기지 못한다는 것은 아무래도 사랑을 전리품으로 내건 게임에서는 불리하므로, 그가 슬퍼 보이는 것은 어색하지 않다. 그는 그런 표정을 내비쳤을 때부터 예감한 것이다. 이 게임에서 자신이 패배할 것임을.

나는 연인이라는 호칭을 달고 있는 타인이 내 앞에서 그런 표정을 짓는 순간을 사랑했다. 그래, 사랑했다는 말로 그 감정을 묘사하는 것이 가장 합당할 것 같다. 내가 그에게서 무언가를 단단히 빼앗았다. 그는 패배감, 당혹감, 배신감이 뒤섞인 얼굴로 나를 바라본다. 그는 이 게임에서 나에게 졌다는 것을 도무지 받아들이고 싶어 하지 않는다. 그러나 그는 결국, 현명하게 패배를 받아들인다. 그 패배를 받아들이는 순간, 그는 솔직하고 슬픈 얼굴이 된다. 나는 그 순간 가장 어리석고 슬픈 승리자가 되어 승리의 깃발을 쥔다. 깃발을 쥔 나는 그를 바라본다. 우리 게임이 끝났구나. 그는 외투를 챙겨 입는다. 자리에서 일어나고, 떠난다. 그가 밀고 나가는 것은 카페의 유리문뿐만은 분명 아니었다. 그는 이 게임 내내 만지고 싶어 했으나 끝내는 만지지 못했던 나의 어떤 구멍을 밀고 나갔다. 그 구멍이 한껏 벌어진다. 그 벌어진 틈으로 차가운 바람이 불어온다. 바람이 내 몸 안을 휘저을 때, 나는 내 몸이 조금 더 뻗어 나갔다고 느낀다. 성장했다고 느낀다. 무언가 나를 자라게 한다면, 나는 그것이 연애의 목적이라고 생각했다. 분명히 말하건대, 사랑의 목적은 아니었다.

사랑은 뭘까?

제법 귀엽고 순진한 질문 아래, 나는 여러 가지 실험을 시도했다. 책을 읽고 영화를 보면서 그간 사랑이라고 전유

되어 온 관계와 개념들에 대해 학습했고, 또 타인과 나를 사랑하는 관계로 규정한 채 연습을 해 보기도 했다. 그러니까 연애 말이다. 연애를 했다는 거다. 나는 얀이 말한 것처럼 사랑을 너무 단순하게 생각했다. 나는 정말로 사랑이 "순간순간 생명을 연장해야 하는 응급 환자"[1] 같은 것이라고 생각했다. 그러므로 나는 사랑이라는 단어를 연인들이 나에게 언제 쓰는지를 기록했다.

2014년 2월 14일.

연인은 나에게 언제나 사랑한다고 말한다. 손을 잡을 때, 나를 집 앞까지 데려다줘도 되냐고 물을 때, 그리고 내가 그것을 허락할 때, 입을 맞출 때, 머리를 빗겨 줄 때, 내가 그에게 시집을 건넬 때. 그는 고마움과 사랑을 헷갈리는 게 분명하다. 고맙다고 말하면 그만인 일에, 그는 사랑한다는 말을 남발한다. 멍청한 건가? 그는 아마도 언어를 적확하게 쓰는 법을 모르는 모양이다. 그는 자신의 예리하지 못한 언어 사용 능력으로 인해 나에게 사랑을 남발하고 있으며, 아마도 그 언어에 취해 나를 정말 사랑하기라도 하는 것처럼 착각하는 것 같다. 그는 사랑 고백 끝에 나에게 함께 가정을 꾸리고 싶다고 말한다. 초콜릿을 주면서. 초콜릿을 사다가 나에게 안겨 주면서 사랑한다고 말하고, 나와 결혼하고 싶다고 말하는 것. 과연 그건 사랑인가? 그건 자본주의 가부장 제도에 편입되고 싶은 욕망에 불과

---

1 얀 앙드레아, 양영란 옮김, 『나의 연인 뒤라스』(조선일보사, 2000)

한 것이다.

이 기록에서 알 수 있다시피, 이 실험들은 대부분 실패로 끝났다. 연인들은 나에게 언제나 사랑한다고 말했다. 나는 그들이 나에게 사랑한다고 말할 때마다, 그 사랑이 뭔지 가져오라고 패악을 부리고 싶은 충동에 휩싸였다. 그들이 나에게 느끼는 건 고마움, 성욕, 채워지지 않는 어머니에 대한 갈망, 그런 징그러운 것들에 불과했고 내가 사랑이라고 부르고 싶은 것들과는 퍽 거리가 멀었다. 사랑은 여전히 미지의 영역이었다.

그래서 내가 내린 결정은, 기술된 사랑을 읽는 것이었다. 타인이 만들어 낸 사랑의 세계를 탐닉하면서, 나는 사랑을 할 수 있는 힘과 사랑을 기술할 수 있는 힘의 이중성을 가늠하기 시작했다. 나는 세실에 대해, 시릴에 대해, 얀에 대해, 한나에 대해, 미카엘에 대해, 그리고 한나의 미카엘에 대해 생각했다. 그들의 세계에 골몰했다. 나는 미친 듯이 그들을 관찰했고 그들의 꿈과 현실 사이, 그 모호한 영역에 내가 연기처럼 끼어 있으면 좋겠다고 생각했다. 나는 세실처럼 열에 들뜬 채로 나를 파괴하는 과정에 희열을 느꼈으며, 얀처럼 나이든 여자를 동경했고, 비 오는 예루살렘 한복판을 뛰어다니는 나를 상상했다.

부드럽고 기묘한 바람이 분다. 비 오는 예루살렘이 아닌, 흐린 하이퐁 바닷가 한복판에 나는 누워 있다. 비인간적인 공항에서 바닷가까지 이동한 것이다. 살갗 위로 흐르는 땀이 느껴진다. 더운 나라에 오면 '생의 감각'이 정확하고 직선적으로 느껴진다. 바깥의 공기와 내가 뱉는 호흡의 온도가 비슷하다. 내부 세계를 종이접기 할 때처럼 뒤집어본다. 36.5도의 세계와 바깥 세계의 기온이 비슷하게 느껴진다. 무덥고 습해서 생존하고 있다는 감각만 남는다. 복잡한 생각들을 하고 싶지 않다. 나의 세계와 외부의 더운 날씨가 생존이라는 갈고리로 엮인다. 파고든다. 뚫린다. 그 사이로 흐르고 관통하고 섞인다. 이제 중요하지 않다. 뭐가 외부고 내부인지. 거의 다 내부가 된다. 세계의 확장? 그런 거창한 말 같은 게 아니다. 그저, 주름 잡혀 있던 내 내부가 넓게 펴진 것이다. 새로 산 모자의 포장지를 풀면, 그 포장지들이 원래 어떻게 뭉쳐져 있었는지 잊어버리는 것처럼.

내가 펴진다. 뭉쳐져 있던 내가. 날씨로. 습도로. 콧잔등과 볼, 등줄기를 타고 흐르는 땀으로. 더운 뺨으로. 나에게는 추잡하게 접혀 있던 세계가. (아, 방금 내 앞으로 베트남 전통 모자를 쓴 선원이 티슈를 가져다주었다. 이 자의 세계는? 음, 알 수 없다.) 다시 내 세계. 세계가 나를 제외하고 커지는 것보단 내가 펴지는 게 더 좋다.

외부로부터 파고드는 내 세계를 기록하려고 골몰한다. 이 세계에 존재하는 나의 생각. 나를 앞질러 존재하는 내 사유를 붙잡기 위한 시도. 기록함으로써 나를 이 순간에서 탈각시켜 이방인으로 만드는 노력. 이건 문자의 방식이다.

수많은 기록의 방식을 사랑한다. 그중 하나가 그림이다. 그림은 순간을 묘사한다. 정확히 투사한다. 내가 무언가를 쓰고 있을 때, 타인은 내 생각을 절대 읽을 수 없다. 특히 이국에서라면 더욱 그렇다. 내 글은 이들에게 완벽한 기호이기 때문이다. 내가 이해하지 못하는 외국어는 그 의미보다 소리나 음률이 더 중요하다. 의미라기보다는, 일종의 '틀린 그림 찾기' 같다. 그런 언어를 듣는 것은.

적확한 용어의 구사와 섬세한 어절의 선택, 그런 것보다는 그 소리들이 얼마나 서로 맞물려서 비슷해지는지, 얼마나 음악적으로 들리는지, 그런 것들이 중요해지는 것이다.

어떤 언어를 할 줄 모른다는 것, 그러니까 내가 아예 할 수 없는 언어가 존재한다는 것은 그 언어의 수만큼 나에게 새로운 음악(소리)이 가능하다는 것을 의미하며, 소리가 언어가 되기까지의 과정 또한 새로운 미지의 영역으로 남아 있음을 의미한다. 또 내가 살고 있는 이 세계가 내가 모르는 언어의 수만큼 존재한다는 건, 소름끼치도록 설레고 두려운 복수형의 세계가 나를 둘러싸고 압도한다는 것을 의미한다. 그러니까 나의 글은, 기의 없는 기표다.

그러나 그림은 완벽한 기표 없는 기의다. 창틀 없는 창이고, 은칠하지 않은 유리다. 이 장에 수록된 모든 그림은 나의 가장 신실한 벗, 유경의 그림이다. 그림은 유경의 관찰 방식이다. 턱을 괴고 그림을 바라본다. 유경의 그림은 순간으로 지속을 만든다. 나의 글은 지독히 내적이고, 사적인 지속으로 순간을 만든다.

유경과 나의 방식 모두 어렵다. 아니, 어려울 것 없다. 각자가 가진 생의 감각을 연장하는 거니까. 삶은 싫다. 그러나 생의 감각을 느끼는 건 좋다. 그것은 뱀 비늘 같다. 매끄러울 것 같지만 사실은 아니다. 생각보다 두껍고 거칠고 광택이 난다. 그 비늘이 나의 생존에 너무 가까이 붙어 있을 때는 감각하지 못하지만, 이토록 덥고 슬픔을 탈각시킬 만큼 축축한 몬순 기후에서는 확실히 느낄 수 있다. 절정에 닿지 않아도 가능한 감각이다.

이건 마치 사랑이 뭔지 모르고 연애를 시도했다가 사랑이 생각보다 연약한 것임을 알고 물러서는 것, 그리고 결국 사랑이 생의 감각을 연장하고 느끼는 것임을 알게 됨과 같다. 나는 우리의 겹친 부분과 그림자를 구분하기 위한 논증을 시도했다. 상당히 문학적인 방식으로.

그러니까 내가, 사강의 세실과 오즈의 한나에게 동시에 사로잡힌 것은 우연이 아니었다. 두 여자는 어리고, '정말 이상하다'. 정말 이상한 여자들이 사랑이 무엇인지 탐닉하다가, 결국 사랑이 아닌 자기 자신에게로 귀결되는 이야기. 나는 두 이야기에 푹 빠져서 외울 만큼 읽고 또 읽었다. 기술된 사랑, 그 기술된 사랑에는 너머가 존재했다. 책의 뒤표지를 한없이 쓰다듬으며 나는 그 기술된 사랑 너머를 만지고 싶었다. 그 너머에는 뭐가 있는 거지? 얇은 종이 아래로 내 손이 만져졌다. 사랑 너머에는 내 존재만이 있는 건가? 나는 끊임없이 자라고, 끊임없이 내가 되는 과정에 있는 거구나.

책을 덮는다. 나는 표지 아래에 있던 내 손을 펼쳐 본다. 나는 이 손금에 따르면 결혼을 세 번 하게 된다. 하지만 이 손금 어디에도 내가 어떤 '나'가 되는지는 적혀 있지 않았다. 나는 이제 사랑에서 시작된 이 불안을 설명해야 한다.

존재론적 불안과 열망. 그리고 그런 불안을 설명하려는 나
는 정말이지 이상하다.

『나의 미카엘』에서 미카엘과 한나는 비 오는 거리를 뛰
어다닌다. 푹 젖은 채로 택시를 탄다. 너무 좁아서 길을 잃
는다는 게 불가능한 익숙한 도시에서 낯선 얼굴들을 발견
한다. 만난 지 고작 며칠밖에 되지 않은 서로의 얼굴을 본
다. 한나는 어떻게든 자신을 더 오래 붙잡아 두려는 그 간
절하고 어린 소년 같은 얼굴을 보면서 '정말 이상하다'라고
말한다. 익숙하고 정돈된 것들이 '정말 이상하게' 되는 순
간 사랑이 시작된다. 균열이 발생하고, 사랑이라는 사건이
발생하는 것이다.

한나는 미카엘에게 '오늘' 정말 이상하다고 말한다. 마
치 그전의 그를 모두 알고 있었다는 것처럼. 우리는 타인이

직선적인 시간을 살아왔다고 가정하고, 그 직선의 끝에 서 있는 그를 바라보며 말한다. 오역이 시작되는 순간이다. 멋대로 타인이 거쳐 온 시간을 읽고 그를 내 세계에 들이는 순간이다. 이것은 아주 멋진 오역의 순간이다. 그 오역의 순간, 한나는 미카엘의 얼굴을 바라보며 말한다. 사랑한다는 말보다 사랑을 더 잘 드러내는 말을. 오늘 당신은 정말 이상하군요. (오늘 당신은 이상해서, 사랑할 만해요.)

사랑은 이상한 일이다. 병적으로 기울어져 있고 어딘가로 곧 쏟아질 것만 같은 묘한 순간의 연속이다. 사랑을 정의하려고 애써 본다. 8년 전의 기록처럼. 소유욕, 애달픔, 긴장, 먹이고 싶음, 만지고 싶음, 트라우마, 서러움, 외로움, 나의 근원과 연원에 대한 끝없는 갈구, 지식욕, 정복욕, 파괴욕, 이상한 욕망들이 한데 뭉쳐서 만들어진 이상한 감정. 복합적인 그 감정들의 근원을 모두 파내면 사랑이라는 말만이 남는다. 더 이상 분해되지 않는 원자처럼. 사랑은 감정이기도 하고, 사건이기도 하다.

『슬픔이여 안녕』과 『나의 미카엘』의 모든 감정은 사건이다. 불연속적이고 비논리적인 사건들이 연속된다. 소설이 아니라 무대가 전환되지 않는 장막극을 보는 것처럼 말이다. 그들은 서로를, 자신을 끊임없이 파괴했다. 그리고 그 파괴의 행위 끝에 언제나 사랑이라는 단어가 따라붙었다. 다행히 나는 그 파괴에서 물러날 수 있었다. 세실과 시릴, 레몽과 얀, 한나와 미카엘이 사랑으로 독해될 수 있는 행위를 하는 것은 모두 내가 그들의 이름과 사건을 호명하면서 '행동하게' 하는 순간들 뿐이었으므로.[2]

그 사건들 사이에서, 나는 세실과 한나의 '미친 여자' 같은 행동이 좋다. 세실은 시릴을 사랑한다. 그 감정을 무어라 규정하든지 간에, 최소한 세실은 시릴을 마음에 들어 한다. 그의 아름다운 살갗과 외모는 탐닉의 대상이 되기 충분했다. 그는 시릴을 도구로 삼아 자신의 세계 중 일부였던 아버지 레몽을 빼앗아 가려는 얀을 괴롭게 만든다. 세실은 "지루함이 죽도록 싫었"[3]으므로 인위적인 소란을 발생시키고자 한다. 그런데 이 지루함은 그의 존재론적 갈망과 허무와도 맞닿아 있다. 히스테릭하고 예민한 여자애였던 세실은 시대가 요구하는 여자애의 특성과 자신의 존재를 확인할 단단한 발판을 자신을 둘러싼 세계 어디에서도 찾지 못한다. 그런 와중에 자신의 세계로 불쑥 들어와 자신을 생각이 있는 사람으로 여기지 않는 얀이라는 존재라니! 그를 괴롭게 만들 만한 충분한 이유가 세실에게는 있었다.

그 생활에는 생각할 자유, 잘못 생각할 자유, 생각을 거의 하지 않을 자유, 스스로 내 삶을 선택하고 나를 나 자신으로 선

---

2 필립 라쿠 라바르트 · 장 뤽 낭시, 조만수 옮김, 『무대』(문학과지성사, 2010), 78쪽, 변용
3 프랑수아즈 사강, 김남주 옮김, 『슬픔이여 안녕』(아르테, 2019), 159쪽

택할 자유가 있었다. 나는 점토에 지나지 않았으므로 '나 자신으로 존재한다'고 말할 수는 없다. 하지만 그 점토는 틀에 들어가기를 거부한다. [4]

세실의 세계는 아직 굳지 않은, 말랑말랑한 점토의 세계였고 얀은 오래되고 아름다운 벽돌집의 세계였다. 점토는 생각했다. 자신을 고작 점토로 규정한 자들을 얼마나 불행하게 만들 수 있는지에 관해. 세실은 자신의 불안과 충동으로 얀을 파괴하고, 또 그 파괴를 되비추어 어떤 권리를 획득한다. 나 자신을 파괴할 권리, 그건 자신의 존재를 정확히 포착한 자만이 가질 수 있는 인간적인 권리이다.

내 존재를 정확히 포착한다는 것은, '내가 누군지' 정확히 아는 것과는 다르다. 내 존재를 포착하기 위한 방법으로 한나가 선택한 것은 자신을 둘러싼 세계에서 자신의 존재의 증거를 하나하나 탈각시키는 것이었다. 모든 증거가 탈각되고 나면, 그 존재만큼의 검은 혼돈이 생긴다. 한나는 그렇게 되었을 때, 이 세계 전체가 자신이 그곳에 없는 듯이 음모를 꾸미게 된다는 사실을 알았다. 또한 세계 전체가 끔찍하고 악독하게 공모하는 목표도 알게 되었다. 그 목표는 바로 한나 자신이었다.

한나는 미카엘을 사랑한다. 그들의 관계를 어떻게 규정

4 같은 책, 80쪽

하든지 간에 최소한 미카엘을 마음에 들어 한다. 그가 속삭이는 지층, 화석, 백악기 시대와 같은 단어들을 마음에 들어 한다. 그러나 그것이 한나의 존재론적인 열망을 채워 주지 않는다. 한나는 자신의 삶에 텅 비어 버린 근원을 찾기 위해 과소비를 하고, 미카엘에게 화를 내고, 아이를 사랑하지 않고, 아이를 사랑하고, 미카엘에게 다정하게 대한다. 제멋대로 굴며 주변을 파괴하려고 하지만 세실과는 달리 그 파괴로 자신을 파괴할 권리를 얻어 내진 못한다. 한나는 대신, 비슷한 방법으로 자신을 파괴했던 경험을 떠올린다.

아직 존재론적인 열망과 형이상학적 언어에 익숙하지 못했던 어린 시절, 열병에 걸려 앓던 한나는 그 병이 주는 자유로움에 대해 본능적으로, 그러나 정확히 알고 있었다. 자신의 존재가 원래 위치해야 할 곳에서, 병이라는 이유로 밀려나는 일. 그것은 한나에게 자유로움을 주었으며, 오히려 병이 회복되었을 때 한나는 유배감을 경험했다. 그 병은 한나의 존재가 원래 위치해야 할 곳을 빼앗아 버림으로써, 그에게 존재로 비존재를 만들어 낼 수 있는 연금술과 같은 힘을 가져다 주었던 것이다. 병에 걸린 한나는 점토와 같다. 틀에 들어가기를 거부한 바로 그 점토, 세실의 점토 말이다.

한나는 자신이 미카엘의 상상으로 만들어진 사람이 아닐 때를 기억해 낸다. 그건, 열로 인한 고통으로 자신의 살갖과 살갖 위에 전율하는 존재를 느낄 때다. 그는 창문을 열어젖히고 열 오른 몸을 예루살렘의 겨울바람에 적신다. 끊임없이 자신을 찾아오는 예루살렘으로부터 도망가지 않는다. 한나는 자신을 모두 망친다. 그러나 그 무너진 무언가에서 다시 자신을 찾는다. 열로 인해 물렁물렁해진 그의 살갖을 찢고 새로운, 진정한, 용감한 '그'가 탄생한다. 한나는 자신을 파괴할 권리를 획득했다.

나는 세실과 한나처럼 나를 이해하고 몰이해한다. 그들의 유배되고자 하는 열망, 부드럽고자 하는 열망, 특별하고자 하는 열망에 몸서리가 쳐진다. 기뻐서. 그들이 파괴하고 건설하고자 했던 세계가 내가 열망하는 것과 다르지 않으므로.

세실과 한나가 사랑의 자리에 서 있는 동안 사랑은 빛을 되비췄고, 그들이 되비춘 빛은 저 검은 구멍을 통해 어두운 존재 안으로 다시 들어갔다.[5] 사랑에서 시작한 그들의 파괴는 그들 내부를 파괴하고, 결국 은밀하고 끈적한 곳에 존재하는 불안과 열망을 끄집어내는 데서 끝난다. 사랑은 타인이 아니라 나의 내부를 끊임없이 파괴하는 것에 진정한 힘이 있다. 끊임없는 파괴와 창조. 나는 내 손을 맞잡는다. 손금이 말해 주지 못한 불안과 어지럼증이 있다. 그것은 나에게 끊임없이 나를 파괴할 것을 요구한다.

---

5 존 버거, 김우룡 옮김, 『존 버거의 글로 쓴 사진』(열화당, 2005), 15쪽, 변용

내가 다른 것들은 모두 잃어버리는데 어째서 그것만큼은 잃어버리지 않았는지 이유를 모르겠다. 지금 내 손안에 있는 조가비, 체온으로 데워진 그 분홍색 조가비는 나를 울고 싶게 만든다.[6]

베트남의 마지막 날, 바닷가에 앉아 있다. 여전히. 해가 조금 옆으로 넘어갔다. 바다가 빛을 입었다. 바다 위 빛이 아니라, 바다의 본질이 원래 빛인 것처럼 윤슬이 부드럽게 빛나고 있다. 빛이 본질인 거대한 바다. 생명. 따스하고 거대한 빛무리. 해가 넘어가고 있다.

책을 읽다가 고개를 들었다. 아주 짧은 시간이 흘렀을 뿐인데, 부드럽게 반짝이고 있었던 그 무엇이 없어졌다. 바위 절벽 너머로. 둥글고 환하고, 본질의 근원처럼 보이던 것이 다시 그것을 거둬들였다. 바다는 무슨 색인지 명확하지 않은 색으로 바뀌었다. 인간은, 나는 그 빛을 언어로 관찰하며 생을 감각한다. 타인의 세계를 끊임없이 보고 싶다. 덮은 책을 내려다본다. 이 책 아래, 활자로 영원히 남은 것은 아모스 오즈와 프랑수아즈 사강의 세계다. 나에게는 아직, 읽지 않은 책의 수만큼 관찰할 수 있는 세계가 있다. 복수형의 영원이 존재한다. 그러므로 나는 특정할 수 없는 행복에 대한 확신이 있다.

---

6   프랑수아즈 사강, 김남주 옮김, 『슬픔이여 안녕』(아르테,2019), 42쪽

220603 Monkey Island

망령을 향해 걸어가는 연인의 등,
나는 그것을 어루만지며

막스 피카르트, 『침묵의 세계』
김연덕·정재율·오은경의 시
– 일본에서

　　여행을 갈 때마다 비가 온다. 홍콩과 대만에 갔을 때는
머무르는 동안 계속 비가 내려서, 아예 그 나라들을 비 오
는 풍경으로 기억하고 있다. 지금 후쿠오카에는 비가 내리
고 있다. 비 오는 거리를 걸으면, 그 도시의 침묵을 알게 된
다. 어떤 도시든 비가 오면 조용해진다. 비가 내려 조용해
진 도시. 그리고 소리가 작아져 내 모국어와 분간할 수 없
게 된 외국어와 무의미한 소음에 가까워진 소리들이 나를
천천히 침묵으로 이끈다.

　　침묵은 그것을 공포로 받아들이지 않을 수 있는 담담한
태도를 필수적으로 요구한다. 타인을 혹은 세계를 응대할
때 요구되는 것과 같다. 사실 타인과 세계는 동의어이다.
타인은 그 안에 그만의 온전한 세계를 갖추고 있으므로. 타
인의 내부로 들어가면 온전히 불완전한 세계가 드러난다.

이런 맥락에서 나는 타인에게, 타인은 나에게 단단한 껍질을 가진 세계가 된다. 그 사이에 말이 흐르지 않는다고 해서 그것이 곧 단절이라고 생각해서는 안 된다. 그러한 오해는 억지로 그 사이에 말이 흐르도록 노력하게 만드는데, 이는 많은 경우 실수로 이어진다. 어떤 세계를 마주할 때 그것을 온전히 이해하기 위해서는 온전히 응시하는 순간이 필요하다. 그것이 침묵이다. 침묵은 죽어 있는 것이 아니라, 세계와 세계 사이의 동조와 이해라는 결과를 이끌어 내는 능동적인 행위이다.

비뿐만 아니라 기차 소리도 비슷하다. 심장 박동과 비슷한 이 소리에는 사람들의 대화 소리가 낮게 섞여 들린다. (나는 지금 규슈 특급 열차에 타고 있다. 방금 터널을 하나 지나면서 철도의 이음매 사이로 거칠게 기차가 흔들렸고 내 옆에 앉은 자그마한 체구의 할머니는 길게 한숨을 쉬며 녹차를 마셨다. 긴장하고 있는 걸까? 이 무거운 철덩어리의 심장 박동 소리 때문에 나는 그의 생각에도 귀 기울일 수 없다.)

침묵이나 어둠 등을 설명할 때 가장 곤란한 점은, 그 어둡고 촉각적인 세계를 본질로, 드러난 시각-언어-빛-형태를 피상적인 것 또는 진리의 부재로 생각하려 한다는 점이다. 그런데 진정으로 침묵의 구조와 특성을 이해한다면 그것이 온순한 성정을 타고난 야생 동물에 가깝다는 것에 동의할 것이다. 침묵은 분명 당신을 온순하게 바라보고 있다. 다만 침묵에 목줄을 채우거나 혹은 침묵의 본연성을 찬양하며 기어가 발등에 입을 맞춘다면, 그것은 인간의 매독균에 감염되어 죽거나 혹은 이빨을 드러내 당신의 목덜미를 물어뜯을 것이다. 그런 셈이다. 그 사이에 가냘픈 선, 차마 보이지 않는 선이 존재한다. 그 선을 넘을 수는 없지만 등을 돌려서도 안 되는 그런 선. 침묵이라는 야생 동물이 본질적으로 가지고 있는 마법적인 어둠에 잡아먹히지 않도록 그 가냘픈 선을 응시해야만 한다.

그 가냘픈 선을 응시하는 방법이 곧 언어다. 이 가냘픈 시선을 함께 바라보는 자들, 연인들. "연인들은 두 사람의 공모자, 침묵의 공모자들이다."[1] 연인 사이에는 침묵이 존재한다. 말의 부재가 아닌 능동적으로 서로의 빛나는 얼굴을 살피는 순간이 존재한다. 서로 정중히 인사를 하고 침묵과 침묵에서 파생된 순간이 둘 사이에서 어떻게 떠도는지를 지켜본다.

침묵 속에는 과거, 현재, 미래가 하나의 통일체를 이루어 병존하고 있다. 따라서 사랑하는 사람들은 시간의 흐름에서 빠져나와 있다. 아무 일도 아직 생기지 않았으나, 모든 일이 생길 수도 있다. 미래에 있을 일이 이미 거기에 존재해 있고, 과거에 있었던 일은, 말하자면, 어떤 영원한 현재 속에 존재해 있

---

1 막스 피카르트, 최승자 옮김, 『침묵의 세계』(까치, 2010), 107쪽

다. 사랑하는 사람들에게 시간은 정지해 있다.[2]

나의 공모자로 인해 나는 영원히 내 영혼, 내 본질 속에 침묵을 간직할 수 있다. 그 침묵만이 나를 본질에서 외부 세계로 밀어내는 역할을 담당할 수 있다.

나는 침묵으로부터 말을 받은 것처럼 연인으로부터 정지된 시간을 건네받는다. 기차가 지나갈 때마다 흔들리는 창 앞에 선 연인의 옆얼굴을 보며 그에게 침묵으로써 받은 말을 다시 침묵으로써 건네준다. 부드럽고 환하게 빛나는 신뢰. 입가에 고여 있다. 뚝뚝 떨어진다. 빛이 흐르는 것처럼 온전하다. 그러니까 이런 빛이 흐르는 세계를 쓰는 동시대의 시인들을 사랑할 수밖에. 그들이 나를 몰라도, 그들은 내 영혼의 공모자들이 될 수 있다. 특별히 내가 사랑하는 결의 빛이 있다. 김연덕, 정재율, 오은경의 시다.

◇

김연덕의 시는 이 세상에 마지막으로 남은 촛불의 빛 같다. 혹은 그 촛불의 일렁임이 유리에 반사된 빛 같기도 하다. 그의 시집을 처음 손에 쥐었을 때를 기억한다. 하얗게 빛나는 표지, 그리고 그 위에 찍힌 '재와 사랑의 미래'라는 빛나는 제목. 그 책은 "반쯤 죽은 채 세로로 깊은 구

---

2 같은 책, 108쪽

조"³(「포프리」)를 가지고 있었다.

타는 냄새.

모든 것은 빛에 대한 정보의 빈약에서 비롯된다. 각도에 따라 다르게 솟고 다르게 깎이는 얼굴처럼

그중 몇 개와 사랑에 빠지는 것처럼.

꿈속과 꿈 밖을 오가듯 힘을 뺀다. 숨을 참는다. 다리를 뻗고 몸을 반으로 접는다. 한 시기가 지나도 끝까지 남아 커져 가는 것들에

나 자신에

대항하지 않는다.

기대 없이 불 없이

— 「긴 초들」 일부

태운다는 것은 대부분 슬픈 일이다. 나를 떠난 사람들의 흔적을, 나에게서 또 떠나보낼 때 해야 하는 일이니까. 이중적으로 장례를 치르는 것 같다. 그런 슬픈 일들의 연속에서 어떤 태도를 가져야 하는 걸까? 나는 그 슬픔을 어떻게든 견디고, 도망치고, 극복하려고 애썼다. 하지만 김연덕

---

3 김연덕, 『재와 사랑의 미래』(민음사, 2021)

의 시는 그것에 대해 다른 태도를 제안한다. 나를 떠난 자들의 재를 끌어안고, 그들을 '그럼에도 불구하고' 여전히 사랑하는 것. 김연덕의 시는 여러 마음을 '그럼에도 불구하고' 통과하여 자신이 마침내 가지게 된 마음을 보여 준다. 그 마음은 섬세하지만 꾸준하다. 배신당한 마음, 사랑을 놓치는 태도, 그런 것들을 모두 통과한 마음이 투명한 유리와 같은 용기라니.

김연덕은 언젠가 한 인터뷰에서 '두려움까지 사랑하고 싶다'라고 했는데, 그때 나는 그 글을 보며 나도 모르게 대답했다. 이미 너무나도 잘 하고 있는데요.

◇

정재율의 시는 걸어 놓은 잘 다린 셔츠 위로 새벽빛이 닿을 때 눈가에 스치는 푸르스름한 빛 같다.

발자크는, 운명이란 한 개인에 의해 닳아 해진 옷으로부터 쓰이는 것이라고 말했다. 소매를 걷어 올리는 방법, 바짓단을 줄이는 방법, 적절한 단추를 고르는 방법 등 어쩌면 옷이 닳는 과정은 결국 그가 시간을 어떻게 대하는가와 맞닿아 있는 게 아닐까. 정재율은 아주 단정하고, 오래되었지만 보풀이 일지 않은, 금속제 지퍼 대신 부드러운 천으로 허리를 묶는 옷을 입고 있을 것 같다. 그가 가꾸어 낸 세계처럼 말이다.

단정한 세계가 좋다. 차갑고 들뜨지 않은 세계. 언어들이 자신의 자리에 올바르게 앉아 있는 세계. 그러나 자세히 들여다보면 사실 득성한 자리 없이 모두가 불타 버린 세계. 그 불탄 자국 위에 차갑고 얇은 얼음판을 둔 세계. 나는 그런 세계에서 차분하게 시를 쓰는 사람을, 그렇게 쓰인 시를 사랑한다. 내가 하지 못하는 것들을 나는 질투하고 사랑한다. 그 시기의 마음이 너무 불꽃처럼 더럽고 격렬해서, 그렇게 시를 쓴 사람들의 차가운 얼음판에 뺨을 대고 있으면 나도 그만큼 차가워지는 기분이 드니까. 냉정하다는 건 아니다. 충분히 슬퍼하고 흡족히 기뻐하면서 차가울 수 있다는 건, 성실하면서도 차분할 수 있다는 건, 정말로 옷을 고르는 센스만큼이나 타고난 것이다. 또 동시에, 옷을 관리하는 것만큼 많이 공부하고 신경을 기울여야 한다는 것을 의미하기도 한다. 그렇게 타고나고 기울인 세계.

잠에서 깨어나 물 한잔을 마신다 창문을 열자 길게 숲길이 이어진다 비구름이 북쪽으로 이동하는 동안 소매를 반쯤 접은 인부들이 망치를 들고 숲으로 걸어 들어간다 사원에서 피우는 향냄새를 맡으면서
　　　ー「매미 소리와 빗소리와 망치 소리가 들리는 여름」 일부

정재율의 시에서 가장 자주 보이는(내가 자주 인식하는) 장소는 '숲'이다. 태초부터 자라온 무겁고 찬란한 숲이 아니라, 내가 아는 누군가가 방금 막 도망쳐 간 듯한 최

근의 인공적인 숲이다. 누군가 슬픔과 상실을 견딜 수 없어 도망쳐 간 숲. 그곳에서 그가 죽었다는 소문이 돌지 않는 이상한 숲이다. 그런 느낌이 드는 것은 작가가 그 숲을 옥상이나 앰뷸런스처럼 너무나 도시적인 것들과 배치하면서, 도망쳐 간 자들의 장소와 유리시키지 않았기 때문인 것 같다. 그 숲 주변에는 언제나 삶과 슬픔이 있다. '사라져 가는 것들에 대해 알고 있는' 나의 슬픔과 그에 관심 없이 '안전모를 쓴 인부'가 바닥을 두드리는 삶이 교차하고 있다. '나'는 숲에 없고, 숲 근처에서 전화를 받으며 존재한다. 나는 그게 마음에 든다. 정말로 차분한 슬픔이다.

나와 동시대 작가들의 시를 읽는다는 건 이래서 좋다. 그가 생각하는 슬픔이 무엇인지 알 수 없지만, 또 모를 수도 없다. 지금을 살아가는 우리는 모두 비슷한 결여와 상실의 감각을 가지고 있으니까.

죽음, 상실, 배제, 같은 것들을 산뜻하게 말하기 위해서는 모종의 각오가 필요하다. 나는 이 모든 슬픔을 차갑게 묘사하겠다는 각오가, 그리고 그 각오한 슬픔이 비장하지 않아도 된다는 것이 좋다. 개인의 상실과 슬픔이 공감을 통해 보편적인 정서가 되는 것이 좋고 시를 읽으며 그 보편적인 감정에 나를 던지는 게 좋다. 정재율의 시에서 어느 하나의 감정 혹은 사태를 말해 보자면, '고향 상실 (Heimatlosigkeit)'이 아닐까. 그의 시에 등장하는 자들은 다들

'보증금 1000, 월세 65, 관리비 별도'의 오피스텔에서 살고 있는 젊고 지친 자들처럼 보인다. 사랑을 말해도 포근하지 않고 손을 잡아도 안정될 수 없는 사람들. 어디에도 그들에게는 만지고 감각할 수 없는 고향이 없어 보인다. 그리고 그들은 서교동을 걷는다. 일상적 서교동이 시적 공간에서 배열되면서 수많은 우연과 변화가 발생한다.

서교동 사거리를 걷다 길 한복판에서 뱀을 안고 있는 사람을 보았다 (…) 주변에서 소리를 지르자 뱀은 자신의 몸 안으로 얼굴을 황급히 숨겼다 (…) 어느새 뱀은 사라지고 검은 마스크를 쓴 사람들만이 나를 지나쳐 가고 있었다

— 「서교동 사거리」 일부

익숙한 거리에 뱀이 등장하고, 그 우연적 사건으로 인해 "클랙슨이 울리고", "사람들이 일제히 짜증을 내면서" 일상적 세계가 무너진다. 그 우연을 감각한 이후엔 이미 뱀은 사라지고 없다. 일상적인 공간(서교동 사거리)에서 일상적인 행위(걷기)를 하는 일상적인 존재들이 허물어진다.

그런데 그 뱀을 안고 있는 사람, 서교동에는 어울리지 않는 이질적 존재는 어디서 왔을까? 그 존재는 이 시집 여기저기에 있는, 언제나 '나'가 손을 잡거나 부르고 싶어 하는 '너'인 것 같고, 그 '너'의 근저에는 '나'가 있는 것 같다. 뱀이 없어져도 서교동 사거리는 내 고향이 되지 않는다. 여

전히 낯선 공간들이다. 그 공간이 결국 "우리가 보는 밤은 사실 진짜 밤이 아니라고"(「밤」) 여기게 한다. 허물어진 공간이 시간과 나에 대한 확신도 무너뜨린다. 하지만 그럼에도 '나'는 어디론가 향한다. 신의 현존을 이해하고 통합하기 위함이 아니다. 현대의 시인들이 매력적인 건, 신이 아니라 일상의 생활로 간극을 메우려 하기 때문이다. (혹은 메우지 않고도 일상을 영위하기 때문이다.) 고향을 다시 만나지도 자리를 차지하지도 못하지만, 나는 구경꾼의 입장으로 여전히 숲 근처 도시에 있다. 그의 차가운 마음은 구경꾼의 자리에서 기능하고 또 가능하다. 정재율의 몸과 마음은 산뜻하다. 돌아가야 할 근원 세계가 없다는 점에서, 그의 멜랑콜리아가 존재론적 우울과 근원에 빗대지 않았다는 점에서. 건강하고 차분한 슬픔이 여기에 있다.

도마 위에 죽어가는 것들처럼 동그랗게 말린 혀 벌레를 죽이면 나뭇잎 냄새가 났다 마주앉아 미래를 생각하고 죽고 또 죽은 다음 다시 살아난 자리처럼 내가 앉은 의자는 이곳에 너무 오래 살았다 천천히 먹자 체하지 말고 나는 오늘 새로 산 도마와 오래 살고 싶다

　　　　　　　　　　　　　　　　　　　　 −「가정 예배」 일부

그가 말하는 죽음이 형이상학적으로 세계와 단절되는 것이 아니라서, 슬픔이라기보다는 언젠가 우리가 모두 통

과해야 하는 투명한 사건이라서, 그 죽음 이후의 것을 기껏
상정하지 않아도 되는 직선적 시간에서 쓰인 시라서, 나는
이 시들을 천천히 통과해 가면서 그가 만든 단정한 세계에
산뜻하게 도달한다. 도달한 세계에서 내가 그의 벗으로 있
으면 좋겠다. 이것은 나와 함께 이 징그러운 세계를 살아가
는 거의 모든 사람들에게 보내는 내 유일한 진심이다.

◇

오은경의 시는 그림자 없는 검은 빛 같다. 추상적인 관
념을 대하는 자세, 그리고 그 관념 중 어떤 것을 가장 어려
워하는가가 그가 무엇을 가장 염려하고 사랑하는지를 잘
보여 준다고 생각한다.

예를 들면 나의 경우는 이렇다. 내가 가장 많이 사용하
는 추상적인 관념은, 눈치 채기 쉽겠지만 다름 아닌 '사랑'
이다. 정말 어렵고 잘 모르겠으니까 아무렇게나 여기저기
그것을 흐트러뜨려 놓고 던져 놓는다. 껌을 씹고 아무렇게
나 뱉어 버리는 어린애의 심술궂은 마음으로 괜히 툴툴대
고 아무렇게나 사랑을 던져 버리고 다니는 것이다. '나 사
랑을 이렇게나 아무렇지 않게 생각해'라고 투정부리고 있
는 것이나 다름없다. 사실 그 안에는 '나 사랑이 너무 좋고
소중하고 깨질 것처럼 안타까워, 이걸 어쩌지?' 하는 마음
이 들어 있다. 갓 태어난 강아지를 보는 것 같은 마음이다.

그래서 나와 다르게 사랑을 상자 속에 넣어 버리고 그

상자 위로 다시 갈색 유산지를 덮는 듯한, 소중한 마음을 보여 주는 시를 좋아하게 된다. 오히려 내 시보다 더욱. 무엇을 고르고 덮고 간직하는지, 무엇을 감추어서 또 무엇을 더 보이게 만드는지 살피게 된다. 그 담담한 세계가 좋다.

  불확실하고 목적지를 정할 수 없는 그러나 그 간격이 평화롭고 깨끗하고 단정한 산책을 하는 발걸음처럼 모든 것을 감추고 있지만, 그 발뒤꿈치가 향하는 방향이 곧고 올바른 시. 「조개껍데기 가면」을 비롯해 오은경의 많은 시에는 '너'가 등장한다. 그리고 주변부를 서성거리는 '나'가 등장한다. 그 나의 관찰과 행위로 시상이 전개되면서도, 그 '나'의 행위가 또렷하고 명백하게 '너'에게 향하지 않는다. '나'와 '너'가 등장했기 때문에 두 등장인물 간의 상호 작용으로 시상이 전개될 것 같지만, 그 인물들 간의 대화나 시선, 행위는 모두 비스듬하게 어긋나 있다. 그 어긋난 간극 사이에서 무언가 발생한다. 다름 아닌 몰이해다. 타인에 대한 몰이해가 서로의 주변부에서 발생한다.

  사람이 있었다. 같은 얼굴이 자주 보였는데
  나는 일부러 그와 멀리 떨어진 자리에 앉곤 했다.
  사람이 없거나 그가 보이지 않을 때면
  출입문 쪽으로 고개를 돌려 한 명 한 명을 확인했다.
  유리창에는 물결무늬 균열이 생겼고

불투명했다. 구름이 떠 있었다. 누군가가 내 어깨를 잡았다. 차가운 손이었다. 나는 유리창 같았다.

 − 「흩어진 구름」 일부

이처럼 오은경의 시에는 '옅은 안개, 유리창, 구름, 거울' 같은 연결과 배제의 의미를 모두 담은 시어가 자주 등장한다. 그것을 통해 타인과 세계를 바라볼 수 있지만, 동시에 그것은 내가 그 존재와 직접적으로 만나는 것은 차단한다. 어느 정도의 간격을 두고, 아무리 깨끗하게 닦아도 다소 불투명한 부분이 남아 있는 유리창을 통해 상대를 바라본다. 실수로 남은 손자국, 물기를 꼭 짜지 않아 남은 물자국 사이로, 유리창 너머로 바라보는 '너'와 세계. 그렇게 생겨나는 몰이해.

그러나 그 몰이해가 추상적이고 폭력적인 것일까? 오히려 그 몰이해의 순간과 부분 때문에 조심스러운 염려가 발생한다. "다가가는 것과 다가오는 것 사이는 낙차가 크"(「사랑하기」)기 때문에, 염려하는 마음으로 '나'는 '너'의 존재에 대한 논리적 포섭을 포기한다. 나는 너를 완성하고 이해하고 싶지만 그것을 위해 가장 가까이 다가섰을 때, 서로를 영원히 마주 대할 수 없는 것을 똑똑히 알고 있기 때문이다. 그러니까, 나는 이런 염려하는 마음으로 타인과 세계를 대하는 시를 읽으면 언제나 마르틴 부버를 인용하고 싶다. 진정한 만남은 '나'와 '너'가 분리되지 않을 때, 그리고 나의 논리적 이해와 경험이 무화될 때, 은총처럼 주어지는 직관적 판단의 결과로 가능한 것이다. 그럴 때 만나는 '영원한 너'는 오히려 '온전한 나'에 가깝다.

이 시집의 제목이 '산책 소설'인 것도 온전히 마음에 든다. 많은 작가와 철학자들은 산책을 사랑했다. 익숙한 길에 신체를 버려두고 꾸며진 자연(정원) 속에서 가장 아름다운 것을 구상했다. 세상에서 가장 인위적인 자연(정원)에서 가장 자연스러운 인위(예술)를 꿈꾸었다는 건 지극히 인간적인 일이다.

드니 디드로는 모든 텍스트가 형성 중이라고 말했다. 그의 의견을 받아들인다면, 오은경의 시는 무엇을 형성하며 산책하는 중일까? 그건 아마도 영원히 이동하며 멈추지 않는 '나'일지도. 물 한 컵이 놓인 사각의 유리 테이블, 나와 마주 앉은 오은경의 시, 그 시의 입술이 벌어지며 묻는다. 어디까지 갈 생각이냐고. 나는 이 답하기 어려운 질문이 다른 프리즘을 통과하지 않은 모국어라서 다행이라고 생각하며 침묵으로 답한다. 소리 내지 않아도 답할 수 있는 여러 질문들이 나뒹구는 순간, 그것이 시를 만든다. 그들의 얼굴과 손을 실제로 보지 않아도 알 수 있다. 내 영혼의 공모자들에게서는 빛이 난다.

태어난 방, 만들어진 문,
갑자기 나타난 이 엄청난 세계

카르멘 라포렛, 『아무것도 없다』
― 스페인에서

스페인 여행을 이야기하기 위해서는 우선 나의 혈육에게 미안하다는 말을 해야 한다. 이 여행은 2016년, 남동생이 수능을 봤다는 이유로 우리의 양육자가 보내 준 여행이었기 때문이다. 그리고 나는 이때 사귄 지 약 100일 정도된 애인이 있었고, 그와 함께 스페인에서 새해를 맞고 싶었다. 그래서 동생에게 애인이 스페인어를 할 줄 안다는 거짓말을 했고, 그렇게 그는 우리의 여행에 애매모호하게 동행하게 되었다. 동생은 내가 애인과 손을 잡고 다니거나, 서로 쿠키를 먹여 주거나, 키스하는 것을 견뎌야 했다. 이 지면을 빌려 동생의 인내심에 머쓱한 사과와 다소 민망한 감사를 건넨다. 그러니까 하고자 한 말은 이 여행의 구성원이다소 껄끄러웠다는 점이다. 게다가 동생은 나의 애인을 마음에 들어 하지 않았다. 그건 일종의 본능적 거부감에 가까웠을 것이다.

하지만 그럼에도 불구하고 스페인은 아주 멋진 나라였다. 나는 스페인이 좋았다. 와인병을 들고 걸어 다니는 사람들이 있는 나라. 늦은 밤까지 저녁 식사를 하는 나라. 길거리에 아무렇게나 예술이 널려 있는 나라. 나는 헤밍웨이의 단골집에 가서 타파스와 맥주를 먹고 마실 수 있었고, 보르헤스가 묵었다는 호텔에서 묵을 수도 있었으며, 달리의 단골 카페와 피카소의 고향에서 제일 오래된 피자집에도 갈 수 있었다. 어느 거리에서 드러누워도 내가 사랑했던 작가들이 걸어 다니는 것을 볼 수 있었다. 나는 그게 정말로 좋았다.

스페인을 비롯해서 유럽 국가들의 도시는 모두 광장을 중심으로 만들어졌다. 광장에는 기차역이나 버스터미널이 있고, 유명한 관광지나 식당도 그 근처에 있는 경우가 많다. 나는 스페인의 도시들마다, 그 중앙에 버티고 있는 광장이 좋았다. 한국에는 별로 없는, 광장이라는 장소가 주는 특이성이 마음에 들었다. 뻥 뚫려 있는 네모난 공간에는 사람들이 항상 있었다. 그들은 무언가를 먹고, 만지고, 사고, 팔았다. 광장 안에는 만질 수 없는, 그러나 분명 감각할 수 있는 생이 그득그득 쌓여 있었다.

특히 내가 가장 좋아했던 광장은 그라나다의 누에바 광장이었다. 그곳에서는 버스가 앞다투어 도착할 때마다 우르르 쏟아져 내리는 사람들을 관람할 수 있었고, 알함브라

궁전 투어를 예약할 수 있었다. 그뿐만 아니라, 광장 한편에는 아주 괜찮은 카페가 있었다. 나는 그라나다에 있는 이틀 동안 동생과 함께 테라스에서 커피를 마셨다. 테라스에 앉아서 햇빛이 적당히 기울어질 때를 기다렸고, 사람들을 관찰했다. 그들의 높은 코와 밝은 이마를 바라보면서 그들의 연원을 상상했고 그것을 열심히 적었다. 함부로 상상한다는 건 위험한 일이지만, 동시에 그만큼 즐거운 일이기도 하다.

이동할 때는 다운로드 받아 간 영화 〈안달루시아의 개〉와 〈판의 미로 : 오필리아와 세 개의 열쇠〉를 봤다. 책은 보르헤스의 『알레프』를 가져갔는데, 그건 한 달간의 여행 스케줄에는 다소 짧은 책이었으므로 같은 책을 읽고 또 읽었다. 내가 가장 좋아하는 작가에는 언제나 보르헤스가 들어가지만, 그래도 아홉 번쯤 읽으면 질리는 법이다. 그래서 나는 그라나다의 작은 서점에서 영어로 된 책들 중 아무거나 골랐고, 그게 바로 카르멘 라포렛의 『아무것도 없다』(문예출판사, 2021)였다. 그러니까 이건 제법 우연 속의 필연적 만남이었다고 해야겠다. 나는 누에바 광장, 세비야 광장, 아메리카 광장 등 스페인 여행 내내 스쳐 지나간 광장들에서, 그리고 테라스에서 이 책을 펼쳐 읽고 또 읽었다. 전율. 그렇게 설명할 수밖에 없겠다. 무언가 이 책에서, 끊임없이 태어나고 죽었다. 내가 반복할 수 없는 생과 죽음이, 이 책

속에서는 무한히 반복되고 있었다.

스페인 내전 이후 집으로 다시 돌아온 '안드레아'는 불우하고 비극적인 집안으로 편입된다. 그는 자신의 삶에서 명확히 양분되었던 두 세계, 즉 '쉽게 솔직해질 수 있는 친구들과의 세계'와 '더럽고 도무지 정이 가지 않는 우리 집이라는 또 다른 세계'를 뒤섞어야 하는, '아가씨'로서는 가장 시급한 실존적인 문제에 부닥친다. 내전 이후 그들에게서는 "일상의 아주 사소한 사건들에까지 비극적 면모가 깃들어" 있었다. 전쟁 직후의 시대를 사는 젊은이들은 그들의 실존을 성취해야 한다는 데서 일종의 공포를 느끼며, 그 공포는 지금의 나도 물려받은 것이라 생각했다. 나는 이 책을 쥐고 람블라스 거리를 걸어 다니며, 17번가 길에 앉아 에스프레소를 한 번에 세 잔 주문하면서, 나를 이곳까지 보낸 양육자를 생각했다.

면목동에서 가장 높은 붉은 벽돌을 지은 집. 나의 양육자, 나의 엄마. 나보다 먼저 태어난 여자는 그곳에서 살았다. 그림을 잘 그렸고 총명했지만 그는 유학을 가지 못했고, 결국 자신의 삶을 구원해 줄 것이 사랑이라 믿고 결혼해 버렸으며, 나를 낳았다. 그리고 그는 자신을 충실히 미워하는 나를 키우면서 조금씩 늙어갔다. 나는 그 양육자의 얼굴을 떠올리면서, 외국에서 죽으면 시체의 양도가 어떻게 되는지 검색했다. 이곳의 수녀원 아무 데나 묻히기를 원했지만 애석하게도 그럴 경우 나의 양육자는 약 1억 원의 돈을 내고 더 이상 그를 사랑하거나 미워할 능력도 갖추지 못한 살덩이를 가지고 와야 했다. 그리고 그는 나를 너무 사랑하므로 그런 짓을 할 게 분명했다.

나는 이와 같이 나를 너무 사랑하는 자들의 자질구레한 얼굴을 바라보며, "내 영혼은 모든 것에서 벗어나고 싶다는 생각에 조바심을 내며 두근"거리는 것을 느꼈다. 아마도 나는, 그때 내가 마주치는 누구라도 "그 절망적인 열망을 실현시켜" 준다면 "그를 사랑할 수도 있을 것 같았다".[1]

어차피 내 인생의 끝이 막다른 골목이라면, 인생을 굳이 힘겹게 뛰어갈 필요가 전혀 없다는 생각이 들었다. 어떤 이들은 인생을 향유하기 위해 태어나고, 또 어떤 이들은 죽도록 일하기 위해 태어나고, 또 어떤 이들은 그저 인생을 지켜보기 위해 태어나는가 보다. 나라는 사람은 그 관조자의 역할을, 그것도 아주 미미한 역할을 하도록 타고난 것 같았다. 도저히 그 역할에서 벗어날 수 없을 것 같았다. 결코 그 역할에서 자유로워질 수 없을 것 같았다. 그 순간 날 사로잡은 유일한 현실은 바로 어마어마한 비탄이었다.[2]

나는 비탄을 안드레아와 공유했다. 이 자질구레한, 불

---

1 카르멘 라포렛, 김수진 옮김, 『아무것도 없다』(문예출판사, 2021), 301쪽

2 같은 책, 370~371쪽

쌍한, 공포스러운 자들과 가족이라는 비탄을. 한 가지 애석한 것은, 내가 이 책을 스페인에서 잃어버렸다는 것이다. 여행의 마지막 코스는 다시 바르셀로나로 기차를 타고 돌아오는 것이었는데, 나는 이 책의 첫 문장을 읽으며 바로 이 문장을 바르셀로나 기차역에서 읊겠다고(물론 속으로) 다짐했다.

막판에 표 구하기가 무척 힘들었던 탓에 결국 바로셀로나에는 자정 무렵이 되어서야 도착했다. 설상가상으로 객차는 애초에 알던 것과 전혀 딴판이었고, 역에는 마중 나와 있는 사람도 없었다.[3]

정말로, 미리 예약해 두지 않은 탓에 그다지 좋지 않은 좌석에서 여섯 시간 동안 덜컹거리며 기차를 타야 했다. 바르셀로나 기차역에 도착했을 때는 오후 10시 42분이었다. 나와 동생은 여행객이었으므로 당연히 바르셀로나 기차역에는 우리를 마중 나온 사람이 아무도 없었다. 나는 기차에서 내린 후, 이 구절을 생각하며 어두컴컴한 바르셀로나 기차역을 아주 흡족한 표정으로 바라보았다. (역경을 겪는 소설 속 주인공이 되고 싶은 사람은 없겠지만, 첫 문장의 주인공이 되는 건 바람직한 일이라고 생각한다.)

그렇게 택시를 잡아타고 호텔에 도착하고 나서야, 책을

---

3 같은 책, 17쪽

두고 내렸음을 깨달았다. 다음날 오전 11시까지는 공항으로 가야 했기 때문에, 다시 책을 찾으러 기차역에 갈 수는 없었다. 나는 그 책을 '아무것도 없는' 곳으로 돌려보냈다. 문학적인 결말 같기도 하지만, 책의 실존이라는 맥락에서 보자면 비극적인 결말이다.

그러나 실존이라는 것은 희미한 간극 사이에서 갑자기 다시 발현되는 것이다. 스페인에서 돌아와 3년 후, 나는 혼자 마카오로 여행을 갔다.

그때 우연히 들어간 바의 옆자리에서 한 스페인 사람과 오랫동안 이야기를 나누었다. 그는 자신은 대학원생인데, 문학을 전공한다고 말했다.

"뭘 전공하는데?"

나는 그에게 물었고, 그는 카르멘 라포렛을 중심으로 하는 스페인 내전 이후의 자전 소설을 연구한다고 답했다.

그의 대답을 듣는 순간, 처음 『아무것도 없다』를 읽었을 때의 전율을 다시 느꼈다. 그때 그는 럼콕을 마시고 있었다. 술로 젖은 그의 입술이 중국인촌으로 가지 말라고 말한 앙구스티아스 이모처럼 엄격해 보인다고 생각했다.

"나도 럼콕."

나는 마시고 있던 맥주를 밀어 버리고 새로 한 잔을 주문했다. 원래 콜라의 찐득한 뒷맛이 싫어 럼콕을 좋아하지 않았지만.

내가 럼콕을 시키자 그는 웃으며 말했다.

"내게 그 작가 이야기를 하고 싶구나?"

나는 대답했다.

"방금 그 말은 어느 소설을 인용한 대사지?"

불모의 나날을 깎아 만든
음악에 관하여

막상스 페르민, 『검은 바이올린』
– 그랜드 캐니언에서

손바닥을 펼쳐 본다. 눈이 내리고 있다. 얇고 옅은 눈. 어린아이의 뺨이나 속눈썹처럼 유약해 보이는 것. 나는 눈이 좋다. 눈이 내리기 직전, 어둡게 내려앉은 회색의 구름이 좋다. 유난히 고요해지는 그 순간이, 경험해 본 적 없는 죽음 직전의 세계와 닮았다고 생각한다. 손바닥에 닿은 눈이 금세 녹는다. 체온으로도 눈은 충분히 녹는다. 손이 축축하게 젖는다. 젖은 손이 차갑게 얼어붙는다. 겨울이 내 옆에 숨을 쉬러 왔다.

가장 오래된 첫눈의 기억을 떠올리면, 보통 바이올린 가방을 메고 학원에 가는 내가 생각난다. 다른 많은 아이들과 마찬가지로, 나는 으레 그렇듯 양육자의 못다 이룬 꿈을 이루어 주기 위해 그녀의 손에 이끌려 바이올린 학원에 등

록했다. 다행히 나는 바이올린 소리가 좋았다. 온 귀를 긁는 듯한 예리한 소리가. 바이올린 선생은, 내가 가만히 의자에 앉아 있지만 자신을 유심히 바라보고 있다는 것을 눈치챈 듯했다. 왜냐하면 허리를 뒤로 젖히고, 필요 없는 비브라토를 하면서 일부러 더 격정적으로 연주했기 때문이었다. 나는 그 쇼맨십에 반해서 바이올린을 시작했다. 요하네스는 "그 음악이 자신의 언어임을 알아차렸다"[1]고 했지만, 나는 그런 천재는 아니었다. 그저 나는 그 예리하고 날카로운 소리가 좋았을 뿐이다.

학원에는 바이올린 교습을 담당하는 원장이 있었지만, 종종 젊은 여자 선생들도 나왔다. 추측해 보건대, 그들은 아마도 자신의 음악을 위한 돈을 벌 요량으로 예술 학교 입시를 위한 레슨을 하고 있었던 것 같다.

그들 중 내가 뚜렷하게 얼굴을 기억하는 사람은 마르고 키가 작은 여자 딱 한 명이다. 그는 뛰어난 인내심을 가지고 있었다. 나는 음악적 재능이 조금도 없었다. 그러나 그는 좀처럼 화내지 않았고, 나에게 여러 가지 CD를 주었다. 게오르크 텔레만의 판타지아나, 주세페 타르티니의 변주곡 같은 것이었다.

나는 CD를 밤새 들으면서 선생의 모습을 상상했다. 바이올린 활만큼이나 마른 그의 몸이 뒤로 휘어졌다가 느리게 앞으로 쏟아지는 광경을, 부스스한 검은 머리카락이 흔

---

1 막상스 페르민, 『검은 바이올린』(난다, 2021), 14쪽

들리는 광경을, 그가 내 자세를 고쳐 주려고 잡은 손가락이 기침을 할 때마다 떨리는 광경을. 나는 바이올린과 그 선생을 겹쳐 생각하고 있었다. 황홀한 음악과 연주의 순간에 언제나 선생이 있었다. 선생은 나를 3년간 가르쳤다. (사실 그는 방학 때만 학원에 왔으므로, 그를 '내 선생'이라고 하기에는 연속성이 부족하다.)

어느 여름, 그는 나에게 자신이 유학을 가게 되었다고 말했다. 나는 첫 콩쿠르를 앞두고 있었다. 학원은 에어컨을 잘 켜 주지 않았기 때문에, 레슨 중반쯤 되면 바이올린을 누르고 있던 턱에 땀이 찼다. 그는 콩쿠르가 끝나고 나면 다른 선생이 올 거라고 했다. 아주 실력이 좋은 선생이라고 했다. 선생이 떠나는 날 조촐한 파티가 열렸다. 만 원짜리 피자 몇 판과 과자 몇 봉지를 뜯어 놓은, 흔한 학원의 파티였다. 내 표정을 보고 그는 말했다.

"선생님이 가서 아쉬워? 그래도 바이올린은 계속 해."

나는 그렇게 말하는 그가 미웠다.

새로 온 선생은 그의 말처럼 실력이 좋았다. 뿔테 안경을 쓴 키 큰 여자였다. 얇은 카디건을 항상 입고 다녔고, 바이올린 케이스에는 가죽으로 이니셜이 새겨져 있었다. 멋진 여자였지만, 나는 그가 연주를 하는 광경을 떠올리지 않았다.

그러고도 나는 바이올린을 3년 더 했다. 콩쿠르에도 여러 번 나갔고 상도 받았다. 하지만 점점 흥미를 잃어 갔다. 당연한 일이었다. 나는 음악이 좋았고 나의 바이올린 선생이 좋았지만, 바이올린을 좋아하지도, 바이올린을 하는 나를 좋아하지도 않았다. 열다섯. 제법 어른이라고 착각할 수 있는 멋진 나이에 나는 바이올린을 그만두었다. 나는 이제 어른이었고 꿈과 계획을 갖고 있었다. 그리고 그런 착각들이 나를 대신해 선택을 했다.[2]

올해까지, 나는 한 번도 바이올린을 연주하지 않았다.

이제는 바이올린을 보면 나의 선생이 떠오른다. 그의 연주가 궁금한 게 아니라, 더 이상 젊지 않을 그 여자의 얼굴이 궁금하다.

바이올린은 더 이상 연주하지 않게 되었지만, 그래도 배운 가락이 가락이라고, 여전히 음악을 사랑한다. 음악가들이 휘갈긴 악보와, 그 악보가 무대에서 매번 다른 사람의 손가락에서 다르게 태어나는 것이 좋다. 그 음악 소리를 따라 점점 빨라지는, 아플 때까지 뛰는 심장 박동도 좋다. 또 연주회장을 빠져나온 뒤, 너무 좋았다고 생각하며 짧았던 황홀의 순간들이 떠나가지 않도록 아무렇게나 감상을 다급하게 휘갈기는 그 순간도 좋다. 모든 것이 좋다. 그런 순간만큼은 내가 이 세계에서 유리되지 않았다고 느낀다.

---

2 같은 책, 27쪽, 변용

음악적 순간들……

내가 만난 음악적 순간들은 사실, 음악보다는 음악을 닮은 어떤 다른 순간들이다. 예를 들면 그랜드 캐니언을 갔을 때였다. 새벽에 호텔 앞에서 조그만 픽업 봉고차를 타고 후버 댐을 지났다. 인간이 만든 수많은 것들 중 천 년이 지나도 유일하게 남아 있게 될 것이라는 후버 댐. 그 삭막한 댐 앞에서 봉고차는 잠시 멈췄다. '뭘…… 보라는 거야?' 하고 다소 당황했다.

후버 댐은 당시 공사 중이었다. 쏟아지는 엄청난 양의 물과 그것을 등에 지고 있는 콘크리트 더미 대신, '후버 댐'이라고 적힌 간판과 창백하게 질린 돌들 사이로 솟아오른 몇 개의 구조물만 보였다. 하지만 나와 같은 봉고차에 탔던 스페인에서 온 커플과 (자신은 샌프란시스코에 살며 두 아들 중 한 명은 중국 여자와 결혼한 사업가이고 다른 한 명은 경찰인데, 그도 동양 여자와 결혼하고 싶어 한다는 이야기를 하며 나의 페이스북 계정을 알려 달라고 끈질기게 요청한) 백인 할아버지 그리고 일본인 가족들이 열심히 사진을 찍었으므로, 나도 그 삭막한 풍경을 사진으로 몇 장 남겼다.

그랜드 캐니언으로 향하는 동안 제법 맑았던 날씨가 흐려지더니 눈이 내리기 시작했다. 그것도 아주 세차게. 눈이 너무 많이 오는 관계로 더 이상 올라갈 수 없다며, 휴게소

(나무로 된 오두막집이었으며 난방이 되지 않았다)에서 잠시 쉬어야겠다고 가이드는 말했다. 한 시간 정도 기다려도 눈이 그치지 않으면 오늘의 여정은 취소될 거라고도 했다.

오두막집에서 떨면서 창밖을 바라보았다. 거칠고 흉악한 풍경은 점점 희게 변하고 있었다. 오두막집에서는 80년대 컨트리 음악이 흘러나오고 있었는데, 스페인에서 온 커플은 그 컨트리 음악에 맞춰서 어울리지도 않게 왈츠를 췄다. 웃었다. 나도 모르게. 그들이 나를 바라보았고 나는 비웃은 게 아니라고 해명하려고 했지만, 그들은 그것을 원한 게 아니었다. 그들은 나에게 춤을 출 것을 권했다. 하지만 나는 그들이 보온병에 챙겨 온 와인과 커피를 얻어 마시면서도 춤은 추지 않았다. 다만 그들이 춤추는 걸 찍어 주었고, 계속 바라보았다.

여자가 뒤로 몸을 젖힐 때마다 나는 바이올린 선생을 떠올렸다. 그의 그 유려한 동작과, 지금에야 알게 된 그다지 유려하지 못했던 연주를. 그리고 조금도 유려하지 않은 여자의 춤을. 그는 웃고 있었다.

그들이 춤을 마무리하고도 한참이 지나서야 눈이 그쳤다. 가이드는 오히려 기분이 좋아 보였다. 눈 쌓인 그랜드 캐니언이 가장 아름답다고 말했다. 그의 말처럼 그랜드 캐니언은 정말 아름다웠다. 자연에서 어떤 아름다움을 느껴야 한다면, 그곳은 응당 감응의 대상이었다.

붉은 흙은 땅에 흐르는 피 같았고 하얗게 쌓인 눈은 그 아래서부터 터져 나온 생명 같았다. 그 흐르는 모양이 시간의 흐름으로 '만들어진' 것이라는 사실이 믿기지 않았다. 이 세계에는 수없이 많은 음악적 영혼들이 있었고, 그 영혼을 자신의 목숨으로 지닌 어떤 공간이 있었다.

그 공간 앞에 내가 서 있었다.

나의 영혼과

나를 죽이려 한 자들의 영혼과

내가 죽이려 한 자들의 영혼도 있다.

나와 내 공모자들은 전쟁 중인 영혼의 음악에 대해서는 한마디도 말하지 않았다.[3]

나는 음악적 재능이 없으므로 그때 받았던 충격을 음악으로 표현할 수 없다. 당시 찍은 몇 장의 사진으로도 그 광기의 순간을, 음악적 순간을 완전히 소유할 수는 없다.

가끔 그곳을 걷는 꿈을 꾼다. 눈 때문에 미끄러지면 눈앞에 춤을 추는 스페인 커플과 바이올린 선생이 보인다. 그들은 모두 유려하게 허리를 뒤로 젖히고 있는데, 나는 그 모양에서 완벽한 성애를 느낀다.

---

3 같은 책, 49쪽, 변용

3장

의무와 중지

책을 읽는다는 건, 언제 어디서 어떤 자세로 그것을 읽었는가에 대한 감각과, 그 감각에 대한 기억까지도 포함하는 복합적인 행위다. 그러므로 독서는 작가가 만들어 낸 아주 단단한 허구의 세계에 들어가는 것을 의미하는 동시에, 어떤 뒤틀린 시간의 이음매[1]에 아주 잠깐 동안 투명하고 희미하게 존재할 수 있는 가능성까지 포함한다. 책을 읽을 때만큼은, 나는 소파 위 나로 현존할 수 있으며 허구의 세계 속 투명한 관찰자로서 비현존할 수도 있다. 나는 독서하는 동안 현존과 비현존의 이음매 사이에서 작가가 만들어 낸, 누구보다 뚜렷한 현존의 가능성을 가진 비현존의 존재인 주인공에게 말을 건다. 당신의 삶, 마음에 들어. 당신의 삶, 나 훔칠래.

---

1 자크 데리다, 진태원 옮김, 『마르크스의 유령들』(그린비, 2014), 참조

"어쨌든 바로 여기에, 이러한 말 걸기의 가능성의 빗장을 풀어 놓기를 바랄 만큼 미쳐 있는 어떤 사람이 있"[2]고, 그게 바로 나다. 그러므로 나는 '크레이그 톰슨'을 만난 계기와 장소, 시간을 서술할 필요를 느낀다. 내가 얼마만큼 그가 만들어 낸 삶을 열망하면서 훔치고 싶어 했는지, 자세하게 말하기 위해서이다.

크레이그 톰슨을 처음 만난 것은 이태원의 '그래픽 책방'에서다. (디자인북, 일러스트레이트북, 화보 등이 위주인 퍽 고급스러운 만화 카페 같은 곳이다.) 방문 당일이 내 생일이었는데, 생면 파스타 집에서 간단한 생일 축하 파티로 식사를 하고 화이트 와인 한 병을 고스란히 비워 취기가 기분 좋게 오른 상태로 그곳에 도착했다. 원래는 보고 싶던 디자인북 컬렉션이 있어서 갔지만, 쭉 꽂혀 있는 크레이그 톰슨 셀렉션을 보고 홀린 듯 뽑아 들 수밖에 없었다. 어마어마한 두께와 크기, 화려한 붉은색, 그 위로 새겨 넣은 것처럼 그려진 여러 문양들, 표지에서 나를 바라보는 도돌라의 강렬한 눈. 나는 원래 내가 무엇을 보고자 했는지는 영 잊어버리고, 그의 책을 소파에서 자세 한 번 바꾸지 않고 게걸스럽게 읽어 내려갔다.

크레이그 톰슨의 여러 작품은 자신의 기원에 대한 탐닉, 강요된 종교로 인한 사랑에 대한 죄의식, 자기 존재와

---

2 같은 책, 39쪽

의 껄끄러움을 다루고 있다.

『하비비』의 주인공 '도돌라'는 아주 어렸을 때 필경사에게 팔려 간다. 도돌라는 자신의 신체와 젊음을 탐닉하는 필경사에게 글을 배우면서 그의 외로움을 읽는다. 도돌라는 필경사에게 자신을 판 아버지나, 필경사를 원망하지 않는다. 도돌라에게 중요한 가치는 생존이었고, 그는 그 가치를 위해서 자신을 쓸모 있게 만들어 내는 과정에 집중할 뿐이었다. 도돌라는 필경사인 남편이 죽고 노예로 팔려 가는데, 그때 흑인 소년인 '잠'과 탈출해 사막 한가운데 버려진 배에서 함께 생활한다. 도돌라는 먹을 것을 얻기 위해 지나가는 상인들에게 몸을 팔며 '사막의 유령 창녀'로 알려지고, 결국 술탄의 귀에 들어가 납치당해 후궁이 된다. 한편 잠은 도돌라가 자신을 위해 몸을 판 것에 대해 죄책감을 느끼며, 도돌라를 찾다가 거세를 한다. 그리고 이후 우연히 도돌라와 재회한다. 이것이 『하비비』의 아주 간단한 줄거리다. (지금껏 이 책의 어떤 독서 기록에도 줄거리 설명은 거의 하지 않았지만, 『하비비』에 대해서는 해야 했다.)

이 갈급한 생존이 벌어지는 장소는 사막과 노예 제도, 그리고 술탄이 존재하는 중세적 환경이면서 도시는 근대적인 산업 발전이 이루어지는 곳이다. 도돌라는 아름답고 총명하고, 그것을 이용해 거리낌 없이 생존을 쟁취했던 인물이다. 그는 사막의 유령 창녀라 불렸지만, 유령처럼 희미하지 않았다. 오히려 그는 자신의 현존을 손 안에 가득 쥐고 있었으며, 코란을 베끼며 자신의 기원을 잊지 않는다. 그에게 생존과 근원은 함께 있었다. 그 근원에서부터 울려 나오는, 살아 숨 쉬는 박동은 절대 언어 따위로는 규명하거나 구분할 수 없다. 바로 그 힘, 도돌라가 가지고 있는 근원적인 생명의 힘이 그를 『하비비』라는 세계 전체의 신으로 밀어 올렸다.

책 뒤편에는 '그래픽 노블의 승리'라는, 짧지만 강렬한 추천사가 적혀 있다. 아니, 이것은 크레이그 톰슨이 만들어 낸 세계, 자신의 현존을 받아 적어 만들어 낸 비현존의 세계, 바로 그 세계 전체의 승리다.

하비비. 아랍어로 내 사랑이라는 뜻이다. 이슬람교와 기독교, 자연과 인간, 중세와 근대, 그 넘어설 수 없는 반목, 이음매 사이에서 크레이그는 도돌라를 통해 새로운 세계를 창조해 낸다. 그가 만들어 낸 도돌라라는 새로운 신은 사실 신이 아니다. 그저 유령의 천을 덮은 여자, 그저 살아 숨 쉬는 현존, 생존, 그 자체일 뿐이다.

다음으로 홀린 듯 집어 든 책은 그의 데뷔작인 『담요』였다. 크레이그가 만난 레이나, 레이나가 자신의 기억을 잘라 만들고 꿰매어 건넨 그 '담요', 금욕을 추구하는 청교도적인 신도의 집에서 자란 크레이그가 레이나의 존재 자체를 탐닉하게 되는 과정, 레이나의 목소리, 머리카락, 살갗, 살결, 손가락, 그가 편지를 쓰는 방식, 편지를 쓸 때 숫자 1을 유려하게 돌려 쓰는 버릇, 폭설이 온 위스콘신까지 차를 운전해서 크레이그를 만나러 온 태도, 차가운 담요를 함께 덮고 '사랑해'라는 말을 나눈 기억, 그리고 레이나 그 자체를 사랑하게 되는 과정. 이 모든 것을 육욕이라고 하기엔 부족하다. 누군가 그 존재 전체를 욕망하고 탐닉하게 된다는 것. 그걸 뭐라고 해야 하는 걸까? 글쎄. 나는 그것을 아무데서나 함부로 '사랑'이라고 말하지만, 그 과정을 모두 '사랑'이라는 단어로 뭉뚱그려 표현하는 것은 그 아래에 깨진 유리컵 조각처럼 존재하는 수없이 부서진 마음의 흔적들을 무시하는 것만 같다.

사랑이라는 것은 무엇일까?

그건 정말 타인의 존재 전체를 열망하게 되는 그런 숭고하고 신적인 태도랑 어울리는 말일까? 그런 걸 감히 인간이 언어화했단 말인가? 이런 열망을 여러 사람이 비슷하게 느끼고, 몸을 떨고, 온갖 예술을 쏟아붓고, 마음을 기울이고, 낭비하고, 그것을 모두 '사랑'이라 부르자고 합의했단 말인가? 사랑이 뭔지는 모르겠지만, 사랑을 느낄 때마다 내가 내 현존보다 늦는 것을 느낀다. 나의 현존은 이미 종말에 이르렀고, 나는 내 현존의 종말에 항상 늦는다. 나를 간지럽게 덮고 있는 사랑을 감각하다가.

어떻게 현존의 종말에 늦을 수 있는가? 이 현존의 종말은 오히려 종말 이후에 내 존재 자체, 그것에 대한 새로운 기술, 새롭고 꼭 그만큼 괴로운 개념의 존재가 탄생하는 계기를 마련한다. "우리는 항상 하나의 비밀로부터, 할 수 있다면 '나를 읽어 보라'고 말하는 하나의 비밀로부터 상속받는다"[3]. 내 현존은 내 과거로부터 상속받은 것이다. 그것은 내 어머니, 할머니, 그리고 그들을 쭉 타고 올라간 신일 수도 있으며, 혹은 4주를 주기로 모두 탈각된다는 나의 피부 껍질일 수도 있다. 그 피부 껍질이 모두 벗겨졌다가 다시 덮인 나. 그 사이에 나를 만진 타인들로부터, 나는 언제나 새로운 존재(물질적으로도)가 되는 것이다.

앞서 책을 읽는다는 건 읽을 때의 순간도 포함한다고 말했다. 내가 크레이그의 책을 읽은 바로 그 순간은, 연인이 나를 위해 오팔을 고르고 반지를 만들어 준 이후의 순간이며, 연인과 나 모두 입을 다물고 각자 원하는 책, 자신을 매료하는 세계에 빠져서 잠시 서로를 잊은 순간이며, 또 동시에 책을 덮고 그 세계에서 빠져 나와 서로의 동그란 뒤통수를 찾은 순간이다. 크레이그가 레이나에게 담요를 받았듯, 나는 크레이그로부터 '유령 담요'를 받았다. 그 담요에 나를 끌어안는 연인의 피부껍질이 떨어져 붙어 있다. 나는 나에게 온 '유령 담요', '유령 책', '유령 단도' 등 여러 세계의 흔적들에 대해서 새로운 유령론을 제안한다.

나를 만졌던 자들의 피부 껍질이 떨어져 붙은, 수많은 '유령 물건'들이 나의 세계에 존재한다. 나의 세계는 타인의 세계와 그들의 비현존에서 훔쳐 온 수많은 유령 물건들이 있는 불투명한 박물관이다. 박물관에서는 여러 의무가

---

3 같은 책, 47쪽

존재한다. 유리 상자 안의 것들을 가져가지 말 것. 그러나 그것을 들여다보며 역사를 배울 것. 그 의무를 위해 그어 놓은 선보다 가까이 오지 말 것. 접촉을 중지할 것.

　내 세계에 존재하는 수많은 의무와 중지, 그것을 기록한다.

외투의 세계

외투와 나의 세계가 다르다는 것은 진실이다. 외투의 주머니는 언제나 불룩하고, 나는 주머니가 없는 바지를 입고 있다. 나를 가엾게 여긴 외투가 제안을 한다. 영영 이 세계에 낯선 사람으로 존재할 것. 외투는 내 어깨를 두드린다. 그가 두드린 곳마다 피멍이 든다. 나는 시체처럼 걸어 다닌다. 유해한 걸모습을 하고 있다. 외투가 혀를 찬다. 이리 와. 그에게 안긴다. 외투는 씩씩하다. 외투는 나를 누락시킨 채로 세계를 꾸려 나간다. 내가 제외된 세계는 무해하고, 외투는 내가 유령과 다른 존재라며 나를 안심시킨다. 외투는 현명하다. 씩씩하고 현명한 외투. 외투는 나와 그 사이에 불화가 비집고 들어오지 않도록 나를 세계에서 누락시켰다. 고통의 원인부터 말소시키는 건 현명한 판단이었다. 성실하고 다정한 외투. 외투가 나를 내려다본다. 그의 세계가 나에게 쏟아진다. 이런, 이것은 외투가 예상하지 못한 일이다. 외투가 입을 벌린다. 나는 그의 경악한 표정을 관찰한다. 그의 호주머니는 여전히 불룩하고, 나는 여전히 가난하다. 주머니 없는 바지를 입은 나는 그의 타액으로 끈적하게 젖어 있다. 나는 외투의 제안을 마저 수행하기 위해 길을 나선다. 시체처럼 걸어 다닌다. 외투의 타액으로 젖은 나는 조금 더 사람처럼 보인다. 불온한 걸모습을 하고 있다. 외투의 세계. 외투는 나를 부르고 나는 그를 미치게 만들기 위해서 걸어간다. 외투의 세계 끝으로

너무 많은 밑줄이 그어진 유리문, 그것을
부수고 나가면 뭐가 있을 거라고 장담하지?

이탈로 칼비노, 『우주만화』

몇 가지 강렬한 기억들이 있다. 자르고 오리고 붙여 재구성된 기억들이기도 하다. 그 기억들 중 하나는, 이사를 앞둔, 먼지투성이의 텅 빈 집에서 내가 백묵으로 그어진 선이 가득한 유리창을 보고 있는 모습이다. 그 집은 우리 가족이 처음으로 살았던 아파트였다. 나는 그 아파트가 퍽 마음에 들었다. 주택과 빌라에서만 살던 나에게, 19층 아파트는 다른 세계처럼 느껴졌다. 아파트에 사는 건 세련되고 어른스러운 일이라고 생각했고(만약 그 '어른스러움'이 근대적인 것을 의미한다면 어느 정도는 맞는 생각인지도 모른다. 원래 아파트에 산다는 건 내가 그 방의 새로운 물건이 되는 일이고, 아파트로 대표되는 근대적인 인간관계란 새로운 물건이 된 나를 누군가가 잠깐 돌보다가 싫증 내는 과

정의 연속이니까[1]) 가구들도 마음에 들었다. 할머니와 살던 오래된 빌라에서는 없었던, 북유럽 풍의 하얀 가구들 같은 것이 특히 그랬다.

하지만 우리 가족은 그 곳에서 오래 살지 못했다. 우리는 전셋집에 살았는데, 집주인의 요구 때문에 급하게 이사를 가야 했다(물론 이런 어른의 사정은 추후에 알게 된다). 아무튼 이사를 가는 날, 군데군데가 까진 가죽 소파와 책장을 끌어내고 먼지 구덩이에서 잃어버렸던 반지(끼면 색이 바뀌는 요술 반지였다. 나는 주로 초록색이었는데, 초록색은 언제나 '침착함'을 상징했다. 어쩌면 나는 포스트 침착맨인지도? 농담이고, 그 반지는 체온에 따라 색깔이 변하는 반지였는데, 나는 수족 냉증이 있었으므로 언제나 초록색이었던 것 뿐이다. 나는 조금도 침착하지 않았다)와 머리핀을 찾아 그것을 손에 꼭 쥔 나에게 엄마는 "집한테 인사해" 하고 말했다. 안녕. 나는 세련되어 사랑했던 집을 차례차례 둘러보면서, 마지막으로 유리창 앞에 섰다. 나와 동생이 1년에 한 번씩 키를 잴 때 그었던 선이 보였다. 나는 그걸 바라보면서, 묘한 이질감을 느꼈다. 그리고 그 유리창을 부수고 나가면 이상한, 내가 모르는, 알아서는 안 되는 세계가 있을 것만 같았다. 그때는 설명할 수 없던 이질감, 그것을 이제는 설명할 수 있다. 영혼과 육체에 관한 이야기다. 신화 속의 '나'에 관한 이야기다.

---

1 최인호, 『타인의 방』(민음사, 2005), 변용

예를 들면 본질의 세계. 존재의 주름이 모두 빳빳하게
펴진 세계. 내가 고통스러워하는 '움푹함(creux), 주름(pli),
간격(cart)'[2]이 모두 시선의 세계로 이끌려 나온 세계 말이다.
아니, 이렇게 말해야 더 적확할 수도 있다. 시선이 모두 움
푹함, 주름, 간격의 세계로 빨려 들어가 주체와 대상 사이
에 어떤 간격도 존재하지 않는 세계. 내 존재 모두가 떨리
는 경험이다. 이건 존재론적인 소멸과 관련된 불안과는 또
다른 종류다. 지금 내가 영위하고 있는 어떤 현존이 아주
연약하고 쓸모없는 것이며, 내가 더 크고 본질적인 무언가
를 외면하고 있다는 진실을 마주할 때 생기는 불안이다. 이
불안은 아래의 질문으로 시작한다.

나와 이전의 나, 더 이전의 나, 신화 속의 나, 태몽 속의
나는 과연 '나'인가? 나는 유기적으로 연결된 존재인가? 나
의 영혼은 동일한 영혼인가?

이 물음에 대한 답변을 위해 다소 고지식하지만 데카르
트를 인용한다. 우리는 데카르트를 철로 만든 기계 안에 영
혼을 넣은 무자비한 몸과 영혼의 이분법적인 도살자로 오
인하고는 하지만, 사실 그는 누구보다도 몸과 영혼의 일체
성을 고민했던 철학자다. 물론 그는 영혼과 몸, 즉 사유와
연장성 사이를 명확하게 분리하고자 했지만, 그에게 인간
은 양철통 기계 안에 물을 채워 넣듯 영혼을 쑤셔 박은 존
재는 아니었다. 그는 영혼, 다시 말해 사유가 어느 정도 물

---

2   모리스 메를로 퐁티(Maurice Merleau Ponty)의 용어들

질성을 가지고 있다고 보았다. 그러나 이런 몸과 영혼의 연결성은 (현대 프랑스 철학자들이 인용하듯) '실존적인' 일상의 차원에서만 설명되는 것이었다. 그에게 중요한 질문은 따로 있었다. '영혼은 어디에 존재하는가?'

데카르트는 영혼에서 물질적인 것을, 몸에서 사유적인 것을 모두 분리해 가며 그것을 설명해 내려고 했지만, 그의 최종적인 답변은 '송과선(松果腺, Pineal Gland)'이었다. 이는 몸과 영혼을 잇는 어떤 선이 존재하며, 바로 그 선에 영혼이 '자리하고' 있다는 것이다. 여기서 흥미로운 건, 어떤 논리적인 설명도 이 송과선의 필연성을 설명해 내지 못한다는 점이다. 데카르트에게 영혼의 자리란 '신이 원해서' 송과선에 위치한 것이었다. 불멸한 영혼이 인간의 육체 안에 위치하는 건, 신의 욕망 때문이었다. 그러니까 인간의 영혼은 주사위 굴리듯 무심하게 창조해 낸 신의 욕망 탓에 인간의 몸에 '자리하게' 되었다는 것이다. 마치 분리수거를 하는 것처럼 간단하게. 그는 초월적인 도피를 통해 이 자리를 설명했다.[3]

이 답답한 이원론이 내 질문에 무슨 답변을 줄 수 있겠냐고 질문한다면, 나에게 중요한 건 영혼의 물질성이라고 답하고 싶다. 그러니까 나의 1단계 불안은 경험한 '나'와 모든 시간을 거쳐 온 '나'가 동일한 '나'인지 확신할 수 없다는 데에 있는데, 이 1단계 불안을 해결하려면 '영혼의 동일성'

---

3   르네 데카르트, 원석영 옮김, 『성찰』(나남출판, 2012), 참조

이 보장되어야 한다. 그러면 그 영혼에 대해 내가 확신할 수 있어야 하고, 그럼 이렇게 다시 질문을 던질 수 있는 것이다. '영혼이 어디 있어? 보여 줘 봐! 볼 수도 만질 수도 느낄 수도 없어'[4] 하고. 나에게 영혼을 쥐어 주고, 보여 주고, 만질 수 있게 하려면 필요하다. 단단하게 존재하는 물리적 영혼이. 그리고 그 영혼이 '내 것'이라는 증거가. 나는 그 영혼의 물질성을 어느 정도 확신하기 위해 세계로 눈을 돌린다. 나를 품고 있는 이 세계. 곧게 자라는 갈참나무. 나의 등을 받치고 있는 적절하게 휘어진 팔걸이가 달린 의자. 이 영혼에 대해 설명하기 위해 수없이 많은 신화가 존재했다.

그중 내가 가장 좋아하는 신화는 이탈로 칼비노의 『우주만화』 속 신화다. 그의 신화는 존재가 아니라 기억에서부터 시작한다. '물고기 할아버지'가 들려주는 '이야기'로부터.

기억과 이야기는 멋진 것이다. 그것에 대해서는 그 어떤 형용사가 필요하지 않다. 나 자신만 이해하는 신과 무릎을 맞대고 나만 이해하고 나에게로만 구전되는 신화를 만들기 위해 문학은 탄생했다. 신과 공모하는 신화가 바로 문학이다. 그 신화를 기록했을 때, 갑작스럽게 형이하의 세계로 떨어진 신이 새롭게 갖는 이름이 좋다. 물론 그 이름은 사랑이다. 그러니까 사랑에 빠진다는 건, "다른 사람 또는 어떤 것, 뭔지 모를 어떤 것을 사랑하는 뜻이다. 나는 여기

4   마이클 니콜스, 〈클로저〉(2004), 대사 변용

있고 내가 사랑하는 대상은 저기 있다. 관계의 삶과 연결된 관계"[5]로. 그렇게 탄생한 이야기들에는 힘이 있다. 그 이야기 속에서 무한정으로 탄생하는 존재들을 끊임없이 은유하는 힘이다.

즉 시간과 공간 속에 들어 있는 모든 것은 약간, 무에서 탄생한 약간일 뿐이라는 사실이지요. 그 약간은 존재하면서 동시에 존재하지 않을 수도 있으며, 또는 가장 미세하고, 가장 초라하고 부패하기 쉬운 존재일 수도 있습니다. 좋든 나쁘든 우리가 그것에 대해 말하고 싶지 않아 하는 것은 단지 이렇게 말할 수 있기 때문입니다. 미세하고 초라한 우주여, 무의 자식이여, 우리가 하는 모든 것, 우리의 모든 존재는 바로 너를 닮았구나.[6]

나는 나와 함께 하는 이 존재들이, 이 세계들이, 사실 만들어진 물건까지도, 모두 확고하게 존재하고 있음을 깨닫는다. 내가 그것을 만지고 있음. 내가 그것 위에 앉아 있음. 모두 단단하게 만져짐. 존재함. 내 살갗을 쓸어 본다. 살갗이 만져지고 만지는 내가 존재한다. 존재. 나를 흔들어 영혼이 찰랑거리는 소리를 들을 수 있다면 좋을 텐데. 나는 순간에 존재한다. 잠깐 이 불안이 해결된 것 같다. 그런데

---

5   이탈로 칼비노, 김운찬 옮김, 『우주만화』(열린책들, 2009), 247쪽, 변용
6   같은 책, 315쪽

다시 드는 의문. 잠깐, 이 확고하게 만들어진 것들은 대체 다 어디서 왔지?

나는 이곳에 있고, 황금빛과 은빛의 반짝임, 파란색에서 분홍색으로 변해 가는 구름, 가을마다 노랗게 물드는 초록의 나뭇잎들을 결코 피할 수 없다는 것을 알고 너무 놀랍고 고통스러웠습니다. 또한 아일의 완벽한 세계는 영원히 사라졌고, 그래서 상상조차 할 수 없으며, 멀리 있는 그것을 기억할 만한 것도 하나 없다는 것, 그 세계에 대해 떠오르는 거라고는 회색 돌벽의 차가움 말고는 아무것도 없다는 사실을 깨달았을 때도 마찬가지였습니다.[7]

이 기억이 데이터로 조작된 것이라고 할지라도, 무언가 명확하게 존재한다. 이 불안정하고 불안하며 연약한 영혼이 그럼에도 불구하고 사랑한 세계가. 나는 이 세계에 관해, 그것이 실존하는지 질문하지 않기로 했다. 내가 사랑하고 신뢰하는 세계는 그 질문에서 벗어나 있기 때문이다. 나는 나의 존재에 대해서는 끊임없이 질문하고자 하지만, 타인이나 내가 사랑하는 다른 수많은 작은 세계들에 대해서는 의심하지 않는다. 나의 영혼이 분명 거기에 있었다.

나는 분명 태어났다.

그 사건은 분명 존재했다.

---

7 같은 책, 72쪽

모든 건 시작에 불과했다. 이 탄생이 끊임없는 불안을 수반하게 될 거라고는 아무도 알지 못했을 것이다. 그리고 이 영혼의 불안을 나를 가만히 바라보는 깊고 까만 눈들에서 찾게 된다는 사실도 아무도 몰랐을 것이다.

인간은 홀로 존재하지 않으며, '나'와 '너'는 정신없이 공을 주고받으며 존재한다. 내가 '너'를 바라볼 때, 냉담한 (an sich) 세계가 본질적으로 나와 관계 맺는(für uns) 세계로 변화한다. 세계와 '너'는 나에게 사유의 대상이 아니다. 나를 흔들어 찰랑찰랑 소리가 나는지 확인해 보는, 영혼의 지각 대상이 아니라는 뜻이다. 이것은 나와 만나고, 마주치고, 직접적으로 나의 앞에서 단단하게 되는 존재다.[8] '너'들은 나를 끊임없이 망가뜨리고 무너뜨린다. 육체적으로 만지고 만나는 '너'들에 한해서 내 영혼을 투과하고, 인간적으로 투영된 나의 영혼이 모종의 신뢰성을 갖는 것. 나는 그걸, 사랑이라고 말할 수 있다.

그 사랑은 나와 '너'들의 추락선을 동일화시킬 수 있는 가장 아름다운 방법이다. 즉 나의 추락선을, 지금껏 존재해 온 선으로 만드는 유일한 방법은 바로 사랑에 빠진 눈을 응시하는 것이다.[9]

---

8 루드비히 포이어바흐, 『기독교의 본질』(까치, 1992), 참조
9 같은 책, 243쪽, 변용

마르틴 부버는 근원어(Grundworte)로 '나-너'와 '나-그것'을 제시했다. 즉, '나' 그 자체란 없으며, 오직 '나-너'의 '나'와 '나-그것'의 '나'가 있을 뿐이라는 것이다. 나의 불안한 영혼에 무언가 힘이 있다면, 이 세계의 '너'를 바라보며 '나'와 나를 둘러싼 이 세계를 현재의 순간에서 탈피시키는 것이다. '너'는 접촉을 통해 영원한 삶의 입김이라는 형식으로 우리를 스친다. 그것이 스쳐 지나간 나는 존재에 관여한다. 그런 사건이 영원히 존재한다.[10]

---

10 마르틴 부버, 표재명 옮김, 『나와 너』(문예출판사, 2001), 참조

너무 많은 밑줄이 그어진 유리문,
그것을 부수고 나가면 뭐가 있을 거라고 장담하지?

그 어떤 그리움에는 그 어떤 능력이

우밍이, 『햇빛 어른거리는 길 위의 코끼리』
천수호, 『우울은 허밍』

　가본 적 없는 곳을 그리워하는 것은 가능한가? 논리적
으로는 불가능하다. 그리움이라는 것은 감각적으로 경험
한 사실에 대한 인식적·감각적 회귀 본능이기 때문이다.
그러므로 감각적으로 경험하지 않은 장소에 대해서 회귀
하고자 하는 욕망은 논리적으로는 성립되지 않는다. 그러
나 우리가 진정으로 사랑하는 것들은 대부분 논리적으로
성립되지 않는다.

　중화상창(中華商場)이 그렇다. 6~70년대 대만의 근대화
를 함께한 이 남루하고도 찬란한 건물 더미는, 1992년 10
월, 내가 태어나기 딱 1년 전에 철거되었다. 지금의 그 도로
는 평탄한 도로가 되었고, 그곳을 지나가는 대부분의 사람
들은 이제 중화상창을 기억하지 못한다. 그러므로, 나는 논
리적으로는 중화상창을 그리워할 수 없다. 그러나 이상하

게도, 그리워할 수 없는 것들에 대해서 그리워하고 갈망하는 자세가 나에게는 있다. 그 남루한 건물 더미에서 살았던 자들의 표정. 얼굴. 자세. 그런 것들을 자꾸 상상하게 된다.

"나도 몰라. 꼬맹아, 세상에는 우리가 영영 알 수 없는 일들이 있어. 사람 눈에 보이는 게 전부가 아니야."

"왜요?"

내 물음에 마술사가 생각에 잠겼다가 쉰 목소리로 대답했다.

"평생 네 기억 속에 남는 일이 네 눈으로 본 게 아닐 수도 있으니까."

솔직히 말하면 그의 말이 무슨 뜻인지 알아듣지 못했지만 그가 내게 그런 말을 한 건 처음이었다. 그가 나를 어른으로 대하고 있다고 느꼈다.[1]

영영 알 수 없는 일……

어렸을 때 나는 자주 가출을 했다. 그게 정말로 며칠 동안 사라졌다가, 참회의 눈물을 흘리며 나타났다는 뜻은 아니다. 나는 맞벌이 가정에서 자랐고, 동생과 나이 차이가 많이 나서 오후 시간은 모두 나의 것이었다. 아무도 나를 신경 쓰지 못했다. 그래서 학교가 끝난 때부터 엄마가 집에 돌아오는 오후 10시까지는 집이 아닌 어떤 희미한 공간들을 배회했다. 나는 그걸 가출이라고 불렀다.

---

1 우밍이, 허유영 옮김, 『햇빛 어른거리는 길 위의 코끼리』(알마, 2018), 25쪽

내가 자주 간 곳은 버스 터미널이었다. 멀리 가고 싶었다. 먹고 싶지 않은 것들 투성이인 급식, 쌀쌀맞은 도시의 친구들, 내 발음이 부정확하다며 책 읽기 숙제를 내 주는 담임 선생님. 나는 그런 것들을 엄마에게 고해하고 싶었다. 하지만 엄마는 언제나 너무 지쳐 있었으므로 나는 버스 터미널에 앉아서 버스가 쉴 새 없이 드나드는 것을 보면서 상상했다. 내가 영영 없어지는 상상. 아주 먼 곳으로 가서, 중화상창 1동부터 8동까지를 마구 걸어 다니며 나를 아는 사람 모두가 나를 모르게 될 때까지 돌아다니는 상상. 하지만 그걸 위해서는 마술이 필요했다. 열두 살 아이가 자신의 존재를 도시 속에 묻을 수 있는 능력을 가질 수는 없으므로.

그런데 갑자기, 나에게도 마술사가 나타났다. 그는 버스 터미널 근처에 '있는'(그가 거기에 산다고 할 수 있는지는 모르겠다) 노숙인이었다. 그는 비와 바람, 혹은 더위를 피할 수 있는 터미널의 지붕 아래에 두꺼운 과일상자 박스를 두어 겹 쌓아 놓고, 그 위로 담요를 덮은 자리에 '있었다'. 그는 언제나 무언가를 그리거나 적고 있었고, 가끔 더러운 냄비에 담긴 라면을 먹고 있었다. 회색 머리 때문에 나는 그가 아주 늙었다고 생각했다. 나는 오후 일곱 시쯤 되면 대합실 의자에서 일어났다. 그때마다 그를 지나쳤다. 그는 나를 쳐다보지 않았고, 자신의 앞에 있는 라면이나 갱지 더미에 집중하고 있었다. 그러던 어느 날(아마도 여름이었던 것 같은데) 그는 나를 불렀다.

"어디 가고 싶은 거니?"

그의 목소리가 생각했던 것보다 훨씬 부드럽고 다정해서 나도 모르게 "잘 모르겠어요" 하고 순순히 대답했다. 그의 옆에는 성경과 『죄와 벌』 그리고 『북 치는 소년』이 놓여 있었다. 그는 더러운 손가락을 책 사이에 끼운 채로(아마도 어디를 읽던 중인지 기억하려는 것 같았다) 나를 손짓해 불렀다.

"그 대답은 아주 정확하다."

그는 선물이라며 나에게 김종삼 시인의 『북 치는 소년』 (민음사, 1998)을 안겨 주었다.

그게 내가 가지게 된 첫 시집이다. 더럽고 손때 묻은 그 책을 나는 피아노 의자 아래에 숨겨 놓았다. 그 의자는 내가 엄마 몰래 산 동인지나 만화책을 숨겨 놓는 곳이었는데, 그렇게 그 시집도 '비밀스러운 아래'에 참여하게 되었다. (그리고 내가 중학생 때 이 비밀스러운 아래는 엄마에게 들켰고, 엄마는 그 책들을 모두 버렸다. 만화책들은 그렇다고 쳐도…… 정말 시집도 버린 것일까? 그리고 엄마는 그 시집을 펼쳐 보았을까?)

나는 그날 이후 터미널에 가지 않았다. 그의 몸에서 나던 콤콤한 냄새와, 다른 곳을 향하던 두 눈이 무섭기도 했고, 그가 '정확한 대답'이라고 한 게 두려웠다. 어딜 가고 싶은지 모르겠고 다만 사라지고 싶다는 내 최초의 실존적 욕망을 누군가 알아차렸다는 사실이 두려웠다. 그리고 그는 터미널에 '있는' 사람이었으므로, 마술을 부려 나를 정말 사라지게 만들 수도 있다는 생각이 들었다. 열두 살의 나는 사라지기에는 보고 싶은 만화 영화가 많았으므로 그 이후로 터미널에 가지 않았다.

그런 이상한 마술사들과, 터미널들과, '있는' 사람들을 대만에서 보았다. 나는 그들의 얼굴을 보며 사라졌다는 복잡한 건물들, 중화상창을 그리워했다. 내가 가 보지 못한 그곳은 아마도, 내가 그곳에서 자랐다면 그 사이에서 충분히 사라질 수 있는 곳 같았다. 1층부터 99층까지 엘리베이터를 만들어 버튼을 누르거나(「99층」), 마술사의 허리춤에 꽂힌 집게를 열쇠로 착각하며(「돌사자는 그 일들을 기억할까?」) 어른으로 자랐을 것 같았다.

내가 대만에 갔을 때는 겨울이었는데, 온종일 비가 내려서 춥고 습했다. 제법 값을 준 호텔에서도 습한 냄새가 났다. 곰팡이들이 잘 자랄 것 같은 도시라고 생각했다. 나는 베란다에서 아래를 내려다보면서 부지런히 걸어 다니는 사람들의 정수리를 보았다. 그들은 모두 친절했다. 길거리에서 지독하게 담배를 피우기는 했지만, 길을 물어보면 담배를 옆으로 치우고는 약도를 그려 주거나 혹은 같이 버스를 타 주기도 했다. 남루한 건물들을 바라보면서 나는 내가 태어난 건물과 그것들이 아주 닮았다는 생각을 했다. 내가 두 번째로 묵은 숙소는 그런 건물의 7층이었다. 또

우장(료醬)을 비닐 봉투에 담아 포장해 오던 밤, 바로 옆방에서 나오던 여자와 마주쳤다. 내 또래였다. 그는 여행객이 아니라 그곳의 주민인 듯 했다. 목이 늘어난 분홍색 티셔츠를 입고 있었다. 그는 친절하게 웃으며 옆으로 비켜 주어 내가 지나갈 수 있도록 했다. 그리고 내가 들고 있는 또우장 봉투를 가리키며 엄지손가락을 들었다. 나는 멋쩍게 웃었다. 어쩐지 나는 그 얼굴을 아는 것 같았다. 그의 둥근 아치형 눈썹과 세련된 콧잔등의 모양을 보며 혹시 내가 그와 함께 철거된 건물을 뛰어다니며 살았던 것이 아닌가 생각했다.

"소흑인은 진짜니까, 진짜는 배울 수 없"[2]으니까, 어쩌면 이런 기억은 내가 모르는 세계의 모든 사람들과 공동으로 가지고 있는 기억인지도 모른다. 무언가를 사랑해서, 무언가를 기억해 본 사람이라면 모두가 가지고 있는 근원의 기억.

어렸을 적, 내가 만들어 낸 친구들을 떠올린다. 그들과 한없이 이야기를 나누다 보면 나는 그들의 얼굴에서 투명한 빛을 읽을 수 있었다. 그 안에 빨간색 빛이 있었다. 그리고 노숙인들과 마술사들은 나에게 "아무 말이나 해도 돼"라고, "확실히, 큰소리로" 말하라고 부추겼다. 나는 그럼 아무렇게나 이 세상에 대해서 이야기를 꾸며 낼 수 있었다. 이게 진짜냐고? 그건 중요하지 않다. 내가 확실히, 큰소리

2 같은 책, 26쪽

로 얘기했으므로 "그럼 그런" 것이 된다.[3]

내 주변에도 너무 많은 노숙인이 있었고 또 그들 중 분명 마술사가 있었다. 나는 여전히 그가 나에게 했던 말의 의미가 궁금하다. '정확한 대답'. 나는 한 번도 무언가를 확신해 본 적이 없는데 그의 말을 곰곰 생각하다 보면 가정해 볼 수는 있다. 나는 쉬지 않고 늘어 가는 숫자의 세계로 가고 싶었다. 그래서 판타지를 그렇게 좋아했는지도 모른다.

현실 속에 아무렇지 않게 존재하는 동화 같은 순간들이 좋다. 첫눈, 크리스마스 마켓, 노란빛으로 반짝이는 샹들리에, 크리스마스트리, 반짝이는 가루가 흩날리는 스노우볼, 놀이동산의 퍼레이드, 연속 방영하는 해리포터 시리즈, 초콜릿이 가득 든 어드밴트 캘린더, 한 번도 가 본 적 없는 뉴욕의 크리스마스 거리와 한 번도 먹어 본 적 없는 브쉬 드 노엘.

경험해 보지 못한 일을 좋아하는 것은 가능할까? 나는 가능하다고 믿는다. 문학을 사랑하는 사람이라면 응당 그렇다고 말해야 한다. 그것을 상상하는 순간이, 그래서 손가락 끝까지 간질간질하게 열이 타고 오르는 느낌이 좋다. 그것이 실재하는지, 내 상상만큼 아름다운지는 그다지 중요한 것이 되지 않는다. 그것이 상상의 대상으로 존재한다는

---

3 같은 책, 219~220쪽, 일부 변용

것. 그게 중요하다.

겨울은 애달프고 슬픈 계절이다. 그 슬픈 계절 사이에 가장 아름다운 것이 상상으로 존재한다는 것이 좋다. '우울' 속에 '허밍'을 키울 수 있는 계절이다. 흐린 회색빛, 눈이 휘날리는 거리를 걷는 나는 "흔들리는 아이에게 딱 어울리는 모자"(「모자 웅덩이」)를 쓰고 있다. 나는 정처 없이 흔들린다. 불어오는 바람마다 그 바람의 결에 맞추어 흔들리면서 무언가를 쉴 새 없이 기록한다. 바람 때문에 빨갛게 튼 볼. 나는 겨울 한복판에 서 있는 내가 좋다.

내가 경험해 보지 못한 뉴욕의 겨울만큼 좋아하는 건, 경험해 본 첫눈 오는 제주도다. 사실, 제주도는 내가 선호하는 여행지가 아니다. 대부분 가족 여행으로 제주도를 갔기 때문이다. 도깨비 도로, 만장굴, 쇠소깍 같은 흔한 여행지를 돌고 회를 먹는 게 우리 가족의 여행 코스였다. 특별할 것 하나 없는. 게다가 끈적한 바람이 불어서 머리카락이 죄다 헝클어지고 바닷바람에 딱딱하게 굳는 게 싫었다. 그런데 어쩌다 그해 제주도의 첫눈을 보게 되었다. 그 연유는 잘 기억나지 않는다. 이제는 이름도 기억나지 않는 옛 연인의 제안이었던 것 같은데…… 아닐 수도 있다. 기억나지 않는 건 그냥 '옛 연인'을 원인으로 삼으면 그렇게 편할 수가 없다. 제주도가 싫다는 내 말에, 그는 비자림 한복판까지 차를 운전해서 그 사이에서 별을 보게 해 주겠다고 약속했다. 그것 참⋯⋯ 낭만적인 제안이었고 나는 보통 그런 제안에 약하다. 보통 연인들의 언어는 "난무하는 은어들"(『17인치에 풀어둔 은어 번식기』)인데, 연인들의 세계에는 오로지 둘만 존재하기 때문에 소통할 수 있다. 다른 사람은 눈치채지못하는, 짐작조차 하지 못하는 그런 은어들로만 대화가 가능한 것이다. 그 은어가 오로지 낭만적인 태도로 이루어졌다는 게 마음에 든다. 아무튼⋯⋯ 제주도에 갔고, 그날 제주도의 첫눈을 맞았다. 그는 정말로 약속을 지켜서 내가 별을 볼 수 있도록 새벽에 아주 컴컴한 숲으로 운전해서 올라갔고, 사람이 없는 눈 쌓인 해변을 볼 수 있도록 아주 오랫동안 운전을 해 주었다. 충실한 연인이었다.

그때 나는 바닷가에 있는 게스트 하우스에 묵었다. 눈 쌓인 바다가 잘 보였다. 나는 여행을 가면 일찍 일어나는걸 좋아하는데, 동행이 잠들어 있는 동안 숙소 구석구석을 돌아보고, 그가 일어나기 전에 후다닥 짧은 산책을 마치고돌아오는 순간이 이상할 정도로 좋기 때문이다. 그 방에는 나무로 된 틀을 가진, 커다란 창이 있었다. 바람이 불 때마다 덜거덕거리는 소리를 내며 흔들리는 것이 오래된 노인같은 그런 창. 그 창 앞에는 작은 독서등이 있었다. 나는 그것을 켜 놓고 눈 덮인 해변을 바라보면서 책을 읽었다. 나는 필사를 잘 하는 편은 아닌데, 제주도에서는 많이 했다. 내 생각을 많이 하는 것보다 타인의 생각으로 나의 생각을 갈무리하는 게 더 좋은 때가 있기 마련이니까.

그리고 나는 은어로 말하지 못하는, 잠든 연인의 얼굴을 바라보았다. 그는 내 은어의 법칙을 이해하지 못했다. 대신 그는 나를 사랑했으므로 그 은어의 규칙에 맞추어 말할 줄은 알았다. 나는 그게 못내 아쉬웠던 것 같다. 연인 간의 은어의 세계. 그것은 이 세계에 수없이 흩뿌려져 있을 것이었다. 나는 그 세계들 중에서 내 은어의 세계가 가장 특별하기를 바랐다. 내 은어들에 반짝이 가루가 뿌려져 있으면 했고, 유달리 아름답기를 바랐다. 하지만 보통 아주 아름다운 것들은 쉽게 부서지고 쉽게 더러워진다. 그런 것들을 원했기 때문에 나는 정작 은어로 말하는 언어 게임에서 지켜야 할 것들을 잃어버렸다.

시는 마법적이고 온전한 은어다. 규정된 언어의 사용을 무화하기도 하고, 오랜 시간 동안 관습적으로 통용되었던 서사를 단순화하기도 하는 것이 시의 언어가 가진 특징이다. 근대를 거치며 동서양을 막론하고 문학의 언어는 다시 개념적인 규정으로, 이성적인 논리로 역사를 말할 것을 요구받았다. 그러나 현대에 와서 더 이상 이와 같은 계몽적인 문학이 필요하지 않게 되었고, 따라서 현대의 시어들은 새로운 역할을 찾아야 할 필요성에 직면했다. 시의 필요성은 더 이상 '말'에 있지 않게 되었고, 막스 피카르트가 말했듯, 침묵과 침묵에서 파생된, 근거 없는 마법적인 어둠의 본연성에 있게 된 것이다.

제주도에서 끊임없이 읽고 필사했던 천수호의 시는 바로 그런 천연한 어둠을 갖고 있다. 그의 시는 무의미를 전유해 마법적인 의미를 가지게 된 시의 언어를, 자신의 시 세계 안에서 또다시 무의미로 환원한다. 또 그는 죽음, 사랑, 탄생, 기억과 같은 무겁고 의미가 과잉된 언어들을 아무것도 아닌 것으로 치환한다. 마치 하나의 블록처럼 단순화된 시어들을 재조립하면서 새로운 시어의 가능성을 탐색한다. 아이들의 놀이처럼 언어를 죄다 오리고 다시 새로운 모양으로 붙여 놓는다.

　한 번 자르고 다시 붙인 종이들 사이에는 틈이 존재한다. 원래 하나였던 색종이로 돌아갈 수 없게 된 필연적인 틈. 그 사이에 천수호는 그간 근대적이고 남성적인 시선에서는 포착되지 않았던 존재를 배치한다. 어린아이나 여성이 대표적이다. 그들은 천수호가 재조립한 언어의 틈 사이, 무의미와 마법의 언어 사이를 횡단하고 있는 것이다.

묵이 좋다

이리저리 찔러도 캄캄한 도토리묵

(...)

당신을 위해 이 집을 지었소

말랑말랑한 검은 봉분

젓가락으로 쿡쿡 찌르면서

이미 떠날 것을 예감하면서

묵묵히

-「묵」⁴ 일부

예를 들면 묵이 그렇다. '캄캄한 도토리묵'은 '당신'의 고백을 통해 새로워진다. 특별한 맛도 영양소도 거의 없는 묵. 바로 이 묵이 천수호의 언어와 닮았다. 묵은 속삭임까지 뜨겁고, 내가 지었으나 내 집이 아니고, 타들어 간다. '나'로 인해 타들어 갔지만 내 것이 아니다. 나는 이것을 먹지 않는다. 묵을 만드는 '나' 옆에서 '당신'의 고백은 모호하고 공허하다. '나'가 원하는 대로 집을 지어 줄 것이라고 하지만 결국 나의 손에 남은 것은 "바닥부터 타들어간" 묵 뿐이다. 결국 '당신'이 지어 주겠다고 한 집은 "검은 봉분", 즉 죽음(소멸) 뿐이고, '나'는 그 허망한 언어 옆에서 떠날 것을 "묵묵히" 예감한다.

천수호의 언어가 횡단하는 순간이다. 정말로 제멋대로, 그러나 아주 멋지고 매혹적인 방식으로. 횡단한 언어들은 무엇을 지향하는가?

천수호의 시에는 언제나 중심에서 밀려난 자들이 존재한다. 「묵」에서도 '당신'에게 달콤한 고백을 듣는 '나'가 마치 주체 같지만, 사실 아니다. 그는 그저 묵을 쑤고 있을 뿐, 그 고백과 관련된 대화에 들어가지도 않고 저편에 서 있을 뿐이다. "묵묵히".

---

4 천수호, 『수건은 젖고 댄서는 마른다』(문학동네, 2020)

이 사람들은 누구인가? 언어를 한 번도 가져 본 적 없는 사람이다. 그들은 "남이 읽지도 듣지도 못하게 밀봉해 둔 유언이 있다는 것"(「연분홍 유언이 있었다」), 즉 "거기 자기 땅이 있다는 것만 알고 있었던" 사람들이다. 그들에게도 연원이 있었다. 중심이 있었다. 하지만 그 중심과 연원에서 밀려났다. 무엇 때문에? 그저 그들이 그런 방식으로 존재했기 때문이다. 원망할 수도, 뺏긴 유언과 중심을 수복할 수도 없다. 찾을 것이 없으니까. 그들의 기원은 그저 "병을 잘 스미게"(「병을 나눠먹는 순두부」) 하는 것일 뿐이다.

천수호가 오려 낸 언어에서 존재들은 그 주체와 객체가 뒤바뀐다. 수건이 먼저 닦고 지나간다. 댄서는 수건을 쓰는 게 아니라 그저 마를 뿐이다. 입과 귀는 말하는 것이 아니라 침묵을 학습한다. 이제 분명해진다. 마법과 무의미를 횡단해 온 천수호의 시적 언어의 의미가. 침묵이다. 침묵을 기록할 수 없으므로 여러 의미와 전복으로 그는 침묵을 시적으로 서술하는 방식을 택한 것이다. 이제 남은 언어들은 축축하고 비밀스럽다.

그렇다면 이 비밀스러운 언어들은 침묵 안으로 침잠만 하는 것인가? 오히려 천수호의 시에서 등장하는 여러 존재들은 서로를 통렬하게 찌르고 침범하는 방식으로 전복을 시도한다. 언어는 무의미하고, 그러므로 침묵해야 한다고 팔짱을 껴 버리는 게 아니라, 그 무의미한 침묵 위로 댄서처럼 뛰어드는 것이다. 다른 존재에 통렬하게 끼어든다. 아주 날카롭고 극적인 행위다. 천수호의 시에 등장하는 '비둘기, 나, 당신, 컵' 등 다른 존재들 또한 입 다물고 조용히 있는 것들이 없다. 그들은 힐끗대며 다른 존재들을 염탐하고, 찌르고, 걷고, 뛰고, 내려온다. 예측할 수 없는 행위적 전복이 영원히 계속되고 있는 것이다. "헤매는 건지 노니는 건지도 불분명하다(「사구에서 시작된 이야기」)".

자주색 얇은 시집 안에서 수건은 젖고 '있고', 댄서는 마르고 '있다'. 그들의 행위와 상태는 조금도 침묵하거나 가만히 있지 않는다. 그들은 스스로, 자신의 존재를 마구 오린 다음 전복시켜 제멋대로 뛰어다니며 나에게 요구한다. 시를 읽는 내내 내가 아닌 몸으로 꿈속을 더듬다가, 이 시집을 덮으면 돌아가는 방법을 잊을 것을.[5]

그러나 시를 비롯해서, 은어의 세계에서 절대 은어로 치환되지 않는 존재가 있다. 바로 타인의 존재 그 자체다. 그는 내 호명을 통해 그 존재가 다른 것으로 치환되거나 온전히 비유되지 않는다. 어떤 은어를 통해 그를 부른다 하더라도 여전히 그의 존재에는 남는 부분이 있다. 암흑의, 절대 볼 수 없는, 만지는 것으로만 짐작할 수 있는 말랑한 '존재의 부분'. 나는 그 남는 부분이 없는, 내 시야에 모두 포착되는 연인을 원했다. 하지만 이제는 그 부분이 너무 어두워서 가끔 나에게 공포를 불러일으키는 연인이 좋다. 그런 연인만이 나에게 은어의 세계에 몰두하는 일을 방지하기 때

5 「개꿈」, 일부 변용

문이다. 은어의 세계에 매몰되지 않고, 무지의 세계에 존재하는 타인을 사랑하는 것은 신과 공모하여 신화를 만드는 일과 비슷하다. 그것은 사랑의 대상과 나만이 공유할 수 있는 언어를 만들고 그 언어로 대화를 지속하는 것이며, 그 과정에서 탄생한 신화를 기록하는 일이다. 그 사이에서 바로 '이야기'가 탄생한다. 그리고 그 사이에는 인식과 언어가 아니라 본능과 시선만이 존재한다.

나와 나 아닌 나들

아니 에르노, 『사건』

아주 오래된 침묵이 있다. 그 침묵은 거칠고 검은 손을 가지고 있다. 그 손은 거친 만큼 교육되지 않았으므로, 그 손이 만진 곳들은 모두 상처로 가득했다. 그러나 상처 입은 살은 단 한 번도 상처 받지 않은 살과는 다른 단단함을 가질 수 있다. 나, 상처 입은 살. 나 아닌, 상처 입지 않은 살. 그 살들이 함께 나를 구성한다. 나와 나 아닌 나들은 함께 '나'로 존재한다.

여기 다시, 아주 오래된 사건이 있다. '사건'을 어떻게 볼 것인가? 들뢰즈는 사건(event)을 사고(accident)와는 다른 것으로 구분했다. 다소 모호한 이 규정으로 남자들이 무리 지어 기다리던 바르베스 역의 '나'를 새롭게 살펴볼 수 있다.

'나'의 임신 중절 체험. 이것은 '사고'인가 '사건'인가?

그러니까, 이렇게 말할 수 있는 것이다. '나'가 남성과 삽입 섹스를 한 것은 사고, 즉 어떤 상태로든 그 신체에 변화가 일어났음을 의미한다. '나'가 생리를 하는지 확인하며 수첩에 밑줄을 그었다는 것은 사고다. '나'가 성기 속에 뜨개질 바늘을 밀어 넣어 낙태를 시도하려고 한 것은 사고다.

이 사고들은 그 일이 발생했는가 혹은 발생하지 않았는가에 관해 다룰 수 있다. 그러나 이 사고는 사고'들'에서 끝나지 않는다. 어떤 사건이 발생한다. '나'가 임신을 한 상태, 임신 중절을 시도한 상태, 낙태를 위해 거리를 쏘다닌 상태는 그의 일상적인 세계에서 상이한 의미를 갖는 것으로 명확하게 구분되어, 의미를 가지고 떠오른다. 그런 사건들을 한 신체에 가지고 있는 '나'는 활동사진처럼, 무력하게 넘어가는 장면들로 구성된 자가 아니다. '나'가 이런 경험을 했다는 것은 모두 사실이며, 그의 경험은 모두 '사건'으로 포착된다. '나'는 사건이 된 자신의 몸과 경험에 대해서 '쓰고 싶다는 욕망'을 표출하기로 결정한다.

아니 에르노는 자신의 경험을 개념화하기로 결정한다. 그가 세계를 이해하고 받아들이는 가장 익숙한 방법으로, 그러니까 이야기의 형식으로. '나'가 겪은 임신 중절 체험은 단순한 기호가 아니라, 한 개인의 삶에서 그 이전과 이후를 결코 동일할 수 없게 만드는 뚜렷한 '사건'이다. 이 사건을 에르노는 시간이 지나고 나서 다시 서술하게 되는데,

그가 이 사건을 돌이켜 글로 기록하는 것 또한 뚜렷한 '사건'이 된다. 두 변곡점이 서로를 마주 보고 있다. 낙태를 위해 거리를 걷는 젊은 '나', 그 '나'를 관찰하며 기록하는 아니 에르노. 두 사건 사이에 새로운 세계가 탄생할 가능성이 있다. 그 다음으로 태어난 여성들이다. 이전의 희생자인 아니 에르노는, "똑같은 침묵을 일어나게 하는 일들"을 외면할 수 없었으므로 하나의 실존적 사건을 이 세계에 출현시킨다. 자신의 경험의 기록이 바로 『사건』이다.

아니 에르노는 오래된 '사건'을 어떻게 볼 것인지 질문을 던진다. 임신 중절 체험을 한 여성이, 자신의 몸에 벌어지고 있는 사건들에 대해 '지금 무슨 일이 일어나고 있는가?' 하고 질문을 던져 본 적이 있던가? 오래전부터 여성이 자신의 몸에 발생한 일을 신의 축복으로 받아들이지 않고, 과학적으로 증명하려는 시도는 환영받지 못했다. 여성은 자신에게 무슨 일이 일어나고 있는지 관찰하기 위해서, 불법적인 거리를 떠돌아야 했다. 600프랑을 받고 자신의 몸에서 무슨 일이 일어나기 전에 그 원인을 제거해 줄 또 다른 불법을 베풀어 줄 자, 더 나이든 여성을 찾아 헤맸다. 시간은 급박하다. 여유라고는 전혀 없다. 한시라도 빨리 자신의 몸에서 원인을 제거해야 하므로.

이 사건이 벌어지는 동안, '나'는 '나가 아닌 나'를 둘러싼 수많은 것들을 생각한다. 불가능, 무력, 흐릿한 불빛, 나를 둘러싼 거리, 기호에 가까운 문학 작품들의 제목, 욕망,

의사의 주소, 성경의 책갈피, 임신을 하지 않은 여자들, 그리고 남자들.

'나'는 자신이 불법적으로 낙태를 해야 한다는 사실과, 자신의 '사건'을 예외적인 것으로 치부하는 임신을 하지 않은 여자들과, '나'를 희롱하는 남자들 사이에서 생각한다. 이 사건이 자신에게서 어떻게 떠나갈 것인가를. '나'는 '나'를 생각하지 않는다. 이 사건의 진행 과정에서 '나'가 어떤 사람인지는 중요하지 않기 때문이다. '나'의 사건에서 '나'가 유리되어 있지 않았음은, 아니 에르노가 그것을 『사건』을 통해 호명하기로 결정했을 때 비로소 뚜렷해진다. 아니 에르노는 자신이 여자임을 깨닫게 한 그 사건을, 여자라는 사실로 남성의 권력에 패배적으로 무릎 꿇어야 했던 그 사건을 『사건』을 통해 기술한 것이다.

그가 『사건』에서 말하고자 한 것은 단 하나다. 모든 경험에는 '저급한 진실'이라고는 없으며, 그 경험을 한 사람은 결국 기술할 권리를 가지게 된다는 것이다. 흘러간 시간에서 그치는 경험이 아니라, 그것들 사이에 도사리고 있는 모종의 의미를 발굴할 수 있는 권리를.

그렇다면 나의 '저급하지 않은 진실'에 대해 말해 보고자 한다. 그것을 위해서는 이 말부터 시작해야 한다.

"제 탓이오, 제 탓이오, 모두 제 탓이옵니다."

매주 일요일 아침, 나는 어떤 학습과 행위를 반복했다.

인간의 원죄를 위해 십자가에 못 박혀 돌아가신 주님, 그리고 그 주님의 사랑에 보답하기 위해 나는 매주 그에게 바칠 죄를 마련해 가야 했다.

나는 그가 참 고약한 취미를 가졌다고 생각했다. 마치 "나와 친해지기 위해서는 싸이월드 일촌 신청을 받아 주고, 도토리도 선물해 줘야 해" 하고 요구하는 일진 같다. 나는 내 죄를 준비해 가고, 보속을 받고, 또 신은 만족스럽게 나에게 구원과 사랑을 약속한다. 너무나도 부정적인 사랑의 형식이다. 하지만 어린 아이들이 그렇듯 나는 내가 스스로 내 종교나, 사랑의 형태나, 신을 선택할 수 없었으므로(가끔은 내가 신을 '선택'할 수 있다고 생각한다는 사실만으로도 어떤 선량한 사람들은 충격 받는다) 나는 충실하게 그 행위와 말과 태도를 학습했다. 조그만 나무문을 밀고 들어가 고해실에 앉을 때, 신의 영혼을 입은 신부를 앞에 두고 잘못을 하나하나 곱씹어 말하면서, 이 행위가 악독할 정도로 내밀하다고 생각했다.

내 죄는 대단치 않았다. 숙제를 하지 않고 답지를 베낀 것. 동생이 자고 있을 때 방에 들어가 인형을 몰래 가지고 나온 것. 엄마의 지갑에서 5천 원을 훔친 것. 그것에 대한 보속으로 나는 '시편 필사', '성모송 10번 바치기' 등을 받았다. 그러나 이 죄악과 보속은 기울어져 있었기 때문에, 어린 나는 이 거래를 잘 이해하지 못했고 성실히 수행하지도 않았다. 내가 〈매직키드 마수리〉를 보려고 답지를 베낀 불

성실함과, '환난의 날에 주님께서 당신께 응답하시고 야곱의 하느님 이름이 당신을 보호하시기를 빕니다'라는 시편의 구절을 옮겨 적는 것이 무슨 상관이 있단 말인가? 내 불성실함이, 그래서 내가 〈매직키드 마수리〉를 보면서 은밀한 쾌락을 느낀 것이, 내가 게으르게 군 것이, 어떻게 '야곱의 하느님 이름'으로 깨끗하게 씻긴단 말인가? 나는 이런 의문과 더불어, 착하게 사는 것이 아니라 불균형에 저항한다는 의미로 예수와의 은밀한 거래에 응하지 않기로 했다. 하지만 오랫동안 학습한 버릇과 관례는 내 신체에서 쉽게 탈각되지 않았다. 나는 습관처럼 주말마다 성당에 갔고 고해성사를 했다. 나는 그 행위를 하며 영원한 삶과 부활하는 육체를 믿는 것이 아니라 내 죄를 어딘가에 버리고 온 것 같은 찝찝함과 후련함을 동시에 느꼈다. 그리고 고등학교 때, 나는 이 찝찝함의 연유를 찾았다.

갑자기 어느 순간, "말들이 내 안에서 죽어 버렸다. 익숙한 생각이 스스로 완성되기를 거부했다. 나는 내가 실은 나 자신에 대해 말하고 있었다는 걸 깨달았다"[1]. 그날 미사에서는 '반드시 죽여야 하는 죄'가 거론되었다. 사제는 '여자와 동침함과 같이 남자와 동침하지 말라'는 「레위기」의 말씀으로 시작해서, 동성애는 언젠가 도래할 하느님 나라에 초대받지 못할 크나큰 죄라고 했다.

---

1 비비언 고닉, 서제인 옮김, 『아무도 지켜보지 않지만 모두가 공연을 한다』(바다출판사, 2022), 165쪽

그건 너무 치사한 일 같았다. 사람을 죽인 카인에게도 징표를 내려 준 신이, 고작 여자가 여자를, 남자가 남자를 좋아한다고 치사하게 자기 나라에 들어오지 못하게 해? 그런 건 전지전능한 조물주가 아니라 자기 편을 들지 않는다고 토라진 꽁한 늙은이 아닌가? 그리고 동침만 안 하면? 내가 여자랑 섹스만 하지 않으면 그건 아슬아슬하게 하느님 나라에 세이프란 말인가? 그럼 섹스란 건 뭔데? 여자끼리는 삽입용 성기가 없으니까 삽입 섹스가 불가능하니, 그럼 여성의 동성애는 처음부터 신성한 일인 게 아닐까?

잠깐, 여기서 예수의 몸을 좀 생각해보자. 마리아는 수태고지를 통해 스스로 예수를 낳았다. 그런데 여성은 XX 염색체를 가지고 있고 마리아는 여성이다. 마리아는 혼자서 XY의 남성(male body)인 예수를 낳은 것이다. 그러면 그 예수의 몸은 정말 남성(male body)일까? 예술 작품에서조차 예수의 몸은 천으로 교묘히 가려져 있다. 어쩌면 그는 기록된 최초의 트렌스젠더였을지도? 그렇다면 강림이란 건 예수가 내 몸으로 들어오는 거니까, 유일하게 삽입 섹스가 가능한 여성 간의 섹스일지도? 또 잠깐. 그런데 섹스를 해야 사랑하는 사이인가? 난 여자애들이랑 있는 게 편하고, 데이트라고 할 만한, 영화를 보고 맛있는 걸 먹고 여행 가는 걸 여자랑 하는 게 더 좋고 편하고 설레는데? 대체 사랑이란 건 뭐지? 서로 좋아하는 거?

아무튼, 고해실의 신부님은 당황했다. 그리고 나의 의

문을 청소년기의 방황이라며 달랬다.

"아니, 그게 아니라 이상하지 않냐고요. 나는 내 경험을 말한 게 아니라 의문을 제기하는 거라니까요. 사람을 죽인 건 용서하지만, 사람을 사랑하는 건 용서할 수 없다는 거요. 그게 이성적으로 납득이 안 갑니다." 내가 재차 물었고 고해실의 사제 역시 재차 나를 달래며 보속을 주었다. 그리고 그가 보속으로 준 그 성경 구절이, 내가 오랫동안 내 사랑의 신전에 세워 둔 구절이 되었다. 그는 몰랐을 것이다. 나를 달래려고 건네준 그 구절이, 내가 취미로 사랑하는 멋진 어른으로 성장하게 만드는 계명이 될 거라는 걸. 원래 그런 멋진 일들은 잘 예상할 수 없다.

무엇보다도 먼저 서로 한결같이 사랑하십시오. 사랑은 많은 죄를 덮어 줍니다.[2]

신에 대해 고까운 마음을 가지고 있다고 하더라도, 신을 사랑하는 법이 나에게 크나큰 영향을 끼친 것은 사실이다. 학습된 전례(典禮)는 나에게 최소한의 동정과 연민을 가르쳤다. 하지만 나는 그것을 신보다는 그 신의 사랑을 학습한, 나를 만지며 만들어 낸 여자들에게서 배웠다고 말하고 싶다. 그러나 그것마저도 신의 손길이라고 한다면, 뭐 좋다 이거다. 나는 사람들 사이에서 아무나 되고 싶었고 신 앞에

---

2 『성경』(한국천주교주교회의), 「베드로의 첫째 편지」, 4장 8절

서는 무언가가 되고 싶었다. 하지만 그 무언가라는 게, 죄악은 아니었다. 이런 고백을 하고 나면 무엇이 남고 어떻게 변하게 될까?

그렇다면 나는 어디에 있을까? 끊임없는 투쟁 속에 있다.[3]

---

3 비비언 고닉, 서제인 옮김, 『아무도 지켜보지 않지만 모두가 공연을 한다』(바다출판사, 2022), 61쪽

추천사

사랑이라는 거칠고 투명한 윤곽선

– 고명재 시인

가끔 생각한다. 할머니가 백도를 깎던 모습. 나를 키워준 비구니의 단정한 소매. 어느 봄날, 펑펑 쏟아지는 벚나무 아래서 무릎에 쌓인 벚꽃 잎을 헤아리던 사람. 죽은 강아지, 아픈 엄마, 낡은 분식집, 단정하게 목도리를 매던 어린 내 동생. 모두 사랑했고 아프게 나를 찌른 것들이다. 이렇게 "타인은 나에게 성큼 들어온다. 그는 제멋대로 나에게 계속해서 살아가거나, 차마 죽지 못할 속도의 마음들을 준다".

그리고 이렇게 내 안에 사랑이 떠오를 때, 바로 그때 나는 더 이상 '나'가 아니다. 단독자로서의 자신만만한 내가 아니라, 그때의 나는 눈부신 '연관 속의 존재'다. 연약하지만 강하고 힘찬 것. 없지만 있는 것. "이 세상에 확실히 존재하는 '비(非)존재'들의 이야기". 우리는 그렇게 "기억과 이야기"라는 "멋진 것"이 되어, 관계를 지닌 '너들의 나'로 살아가는 것이다.

우리는 왜 책을 읽는가. 왜 사랑하는가. 왜 수 세기에 걸쳐 타인의 이야기에 발을 담그나. "댄서처럼 뛰어"들고 "다른 존재에 통렬하게 끼어"들려는 유운의 솔직하고 당당한 이 책은, '책을 읽는 이유'에 대해, '사랑'에 대해, 자꾸만 되물을 힘과 용기를 준다. 독서와 사랑은 근본적으로 매우 유사한 행위다. 이것은 완고하고 작은 세계를 부수고 부순다. 그러니까, "사랑은 타인이 아니라 나의 내부를 끊임없이 파괴하는 것에 진정한 힘이 있다". 이 책은 이 놀라운 힘을 안아 들고서 '기록(책)에 기록(유운의 글)'을 수행하는 사랑의 책이다.

흥미로운 점은 이 책이 매우 다종다양한 대상들을 동시에 다루고 있다는 것이다. 시와 소설, 삶과 뮤지컬, 사담과 담론, 만화와 그림, 국적과 내면, 음악 등을 오가며 유운은 사랑의 국부에 미농지를 포갠다. 그 너머로 타인이 아른거린다. 그는 계속해서 보려고 한다. 사랑의 얼굴을. 그래서 내게는 이 책의 구성 자체가 '사랑의 형식'을 보여 주는 것 같았다. 사랑은 늘 파편적인 단상(Fragment)이니까. 우리에게 닥쳐오는 "사건"이니까. 그것은 언제나 파괴적이고 다정하니까. 그렇게 우리를 흔들고 지나가는 "젊은 순간"을 유운은 섬세하게 마주하고 있다.

시를 쓰는 일. 동시대의 시인들을 사랑하는 일. 좋아하는 가수를 바라보는 일. 기행이란 말의 양면을 '쓰면서 보는' 일. "외투"가 되는 일. "은으로 만들어"진 "혀"를 보는 일. 그렇게 "복수형의 영원"을 펼쳐 보면서, 유운은 "사랑이라는 거칠고 투명한 윤곽선"을 "매만"지고자 한다. 그 살갖은 "신사와 호박"이라는 아주 이상하고도 신비로운 식당 이름 같다. 어떻게 이런 결합이 있을 수 있을까. 그러나 사랑은 간혹 그런 걸 해낸다. '나와 너'는 그렇게 공존(共存)한다. '너'를 바라보며 이 세계를 변화시키는 것. 이 책을 읽으며 그런 사랑과 독서를 꿈꿨다. 이야기 속에 발을 담그고 눈을 감은 채 "수많은 기록의 방식을" 사랑하면서.

사랑과 탄생

이유운

1판 1쇄 2023년 4월 5일

지은이 이유운
편집 김시은
사진 · 디자인 신승엽
펴낸이 신승엽

펴낸곳 1984BOOKS (일구팔사북스)
주소 전라북도 익산시 창인동 1가 115-12
팩스 0303.3447.5973
전자우편 1984books.on@gmail.com

www.instagram.com/livingin1984

ISBN 979-11-90533-27-0 (03810)